생각의 밖에서

지연희 수필선집

초판 발행 2018년 10월 17일
지은이 지연희
펴낸이 안창현 펴낸곳 코드미디어
북 디자인 Micky Ahn 교정 교열 오재령

등록 2001년 3월 7일
등록번호 제 25100-2001-5호
주소 서울시 은평구 갈현로 318-1 1층
전화 02-6326-1402 팩스 02-388-1302
전자우편 codmedia@codmedia.com

ISBN 979-11-86104-96-5 03810

정가 12,000원

생각의 밖에서

지연희 수필선집

문득, 나를 스치고 지나던 생각

　　조경희 선생님과의 인연으로 1982년 한국수필 신인상 추천을 받고 1983년 월간문학 신인상 수필부문에 당선되어 수필가로의 내 문학은 시작되었다. 한국수필뿐 아니라 월간문학 신인상 심사 역시 조경희 선생님이 담당하셨다. 36년 전 일이다. 이후 나는 수필문학의 진정한 가치는 다각적으로 체험한 삶의 의미를 깊은 사유의 세계로 천착하는 일이라고 믿었다. 그리고 하루도 거름 없이 원고지 위에 나를 가꾸기 시작했다.

　　열심히 쓰는 일이 문인의 도리라고 하시던 선생님의 말씀을 잊지 않았다. 마음이 편안해도 쓰고, 마음이 아파도 원고지 위에 나를 세우던 시간들이 어느새 36년이 지났다. 2018년 현재 그간의 수필집 14권을 모아 수필선집을 출간하는 오늘의 나는 알 수 없는 평화의 강물로 가득하다. 내 문학의 깊이에 대해서는 처음이나 이제나 부끄럽기 짝이 없을 테지만 흘러간 시간만큼 성숙해져 한다는 생각은 버리지 않고 이 자리에 섰다.

「생각의 밖에서」라는 제목으로 책의 문패를 다는 이유는 사람은 누구나 어떤 생각으로 순간순간의 시간 위에서 있곤 한다. 비교적 잡다한 생각에 갇혀 잠시도 내려놓지 못하는 생각들로 삶의 족쇄를 묶게 된다. 내 생각의 밖에서 나를 편안히 들여다보고 싶은 생각이 문득 나를 스치고 지나던 날이 있었다. '생각의 밖'은 미처 조망眺望하지 못한 일에 대한 잠깐의 여유이며 사랑이다. 나는 수필을 사랑하고 또한 시를 사랑하는 문인이다.

2018년 10월 10일 지연희

차례

1 인연   작가의 말 _4

인연 _15

생존 _18

안개 _22

마름과 젖음 사이 _26

십자가, 빌딩이 걸린 하늘 _30

남자는 _34

관계의 끈 _38

만나고 싶다, 어머니 _42

씨앗의 숨소리 _45

달빛 _49

마른 양파 곁에서 _52

황금들녘 _56

2

눈물

조영 _63

촛불 _67

눈물 _70

생각의 밖에서 _73

가을언어 _76

나비 한 마리 꽃피워내고 있다 _80

지나간 시간의 흔적은 아름답다 _83

새 생명의 힘으로 _85

손잡지 않아도 향기로운 사랑을 위하여 _89

전지 _92

직시와 암색 _95

바람 앞에서 _99

차례

3
흔적

욕망 _105

욕심 _109

그늘의 배려 _113

햇살 한 모금 마신다 _116

삶, 나의 문학 _118

내 발걸음의 꽃은 무엇일까 _121

아름다운 신뢰를 위하여 _124

시간의 흔적 _128

겨울나무의 봄 _132

벌거벗은 은행나무 _136

파릇한 생명의 돋음처럼 _140

바람의 눈 _143

4 생명

시간의 유혹 _149

당신은 _152

생명의 신비를 위하여 _156

불행을 딛고 일어서면 _161

그대가 그곳에 서 있기에 _165

목욕탕집 할머니 _168

꽃들의 합창 _172

온기 _175

생명의 눈뜸 _178

문 _182

낙엽귀근 _184

교향곡 마지막 악장 _186

차례

5

기쁨

태양의 꽃 _190

철로길 옆 _192

수확의 기쁨 _194

폭풍의 언덕 너머 _196

내일을 설계하는 시간 _198

매화꽃 향기 _200

마른 뿌리 _202

사과 꽃 흐드러지면 _204

꽃은 피어난다 _206

따사로운 빛살을 머금은 _208

생명의 시간 _210

함박눈 내리던 날 _212

젊음의 그늘 아래 _214

뿌리의 내력 _216

목련 곁에서 _218

6 기도

아카시아 향 _222

황금물결 _224

생명의 숨소리 _226

가슴, 따뜻한 _228

오체투지 삼보일배의 순례 _230

사과나무의 꿈 _232

거울의 잣대 _234

이 성찰의 시간이 지나면 _236

나무의 기도 _238

신록의 향기 _240

오월 _242

봄이 오면 _244

곡학아세의 교훈 _246

줄기를 뻗을 수 있기를 _248

가을은 기도하는 시간 _250

— 지연희 수필선집 —

생각의 밖에서

01

인연

눈부신 설원의 표피를 열고 환한 미소의 꽃잎을 열면
저기 황금빛 아침 해는 수호신처럼 햇살을 뿌려준다.
환한 낮빛에 이는 맑은 종소리를 들을 수 있는 경이로
운 시간이다.

「인연」 중에서

인연

한 그루의 바람꽃이다. 휘몰아치는 늦겨울 삭풍 속에서 하얗게 쌓인 눈 언덕을 비집고 일어선 복수초, 나의 집은 차가운 얼음의 휘장에 싸인 거푸집으로 바람만 불어도 무너져 내렸다. 허허한 속성의 부식질 토양에 뿌리를 의지하여 자라고, 눈을 녹여야지만 꽃을 피워 세상을 바라볼 수 있는 힘겨움이 있다. 그러나 차가운 얼음의 동굴에서 뿌리를 내리고 빛의 세상을 향한 나의 나들이는 내 숙명의 길에 놓인 '봄의 전령사'라는 사명을 저버릴 수 없는 인연의 고리를 쥐고 있다. 그만큼 노오란 꽃잎을 펼쳐 환히 웃음 지으면 기쁨이 되는 세상과의 내 인연은 감사해야 할 일이다.

설연화, 얼음새기꽃이라 부르기도 하는 나의 속성은 연못 진흙 속에 피는 연꽃처럼 앞이 보이지 않는 혼돈의 시야를 헤쳐 끝없이 가부좌를 틀고 면벽

15

1부 · 인연

하는 수도승이다. 한밤중 쌓인 눈雪의 한기가 온몸으로 스며들기 시작하면 뿌리로부터 치솟는 냉기류를 생존의 질서로 받아내곤 했다. 눈을 감고 기도하지 않으면 깎아지른 절벽, 절망의 늪에 떨어지고 마는 현실을 조용한 묵상으로 이겨내야 하는-. 그러나 어두움 깊은 밤이 지나 이른 아침이면 어머니의 따뜻한 손길로 다가와 가없는 사랑의 햇살을 부어주시는 빛의 주인이 있어 다시금 눈을 뜰 수 있다.

꽃을 피운다는 것은 얼마나 복된 일인지 모른다. 희망찬 일인지-. 하루하루 내 몫의 크기로 내게 주어진 일상들과 마주 서서 땀을 흘리고 난 뒤 마시는 한 사발의 냉수처럼 마음 밭에 스며드는 기쁨이다. 꽃대로 밀어올린 노오란 봉오리가 슬며시 꽃잎을 열어내면 어떤 미움도 슬픔도 아픔도 미소를 머금게 되는 치유의 손길이다. 최선의 인내로 만날 수 있는 청초한 눈동자로 전해주는 맑은 눈웃음이다. 꽃을 피워낸다는 것은 생명이 살아 있음으로 전하는 아름다운 메시지가 아닐까. 세상 한가운데 숨 쉬며 존재한다는 이 위대한 사실을 무심결에 깨닫게 되는 확신이다. 혹독한 추위와 세찬 비바람에 흔들리지 않던 견고한 인내로 이룩한 신뢰임을 알게 한다.

눈부신 설원의 표피를 열고 환한 미소의 꽃잎을 열면 저기 황금빛 아침 해는 수호신처럼 햇살을 뿌려준다. 환한 낮빛에 이는 맑은 종소리를 들을 수 있는 경이로운 시간이다. 더 이상 어떤 기쁨도 가능치 않은 행복이 꽃잎에 머물고 있다. 눈 위에 반짝이는 햇살이 눈부신 한낮의 산언덕에서는 빈 나뭇가지에 날아와 지저귀는 철새들의 수다와 먹이 사냥을 나와 발자국을 남기고 쏜살같이 달아나는 노루며 다람쥐를 만날 수 있다. 조금씩 동면의 빗장을 푸는 이른 봄 눈밭의 짧은 낮 시간, 가까이 불어오는 추위가 온몸을 움츠리게 한다.

경칩이 지나 춘분 청명이 찾아와 꽃을 머금었던 내 맑은 웃음의 복수초는 완연한 봄의 시간을 지나 서서히 잎이 시들어 가고 꽃잎 떨어진 자리마다 씨앗을 품은 씨방을 준비하게 된다. 단단히 여물어 가는 씨앗을 느끼는 일, 비로소 이 일이 내 생의 의무였음을 알 수 있었다. 생명을 소유한 존재들의 가장 경이롭고 행복한 의무를 수행하는 일, 지상의 어디선가 흙의 훈기가 손끝에 감지되는 곳이라면 나의 분신은 내가 지나온 내 걸음의 행보를 이어갈 것이다. 씨앗과 씨앗의 인연으로 내 아버지의 꿈을 이어왔듯이 나의 바람이 가뭇한 존재의 흔적을 남길 것이다.

최소한 몇 번의 겨울이 지나고 몇 번의 봄날이 나를 이끌고 삶의 순환 고리를 또 엮어 가겠지만 나는 늦은 겨울 살을 에는 듯한 한파를 딛고 일어서 찬란한 봄의 가운데에 싱그럽게 다가서려 한다. 보다 단단한 씨앗을 경작하라고 쉼 없이 어머니의 손길을 뻗어 다독이는 햇살의 눈부신 자애를 마시며 매 순간 분연히 일어서고 있다. 미나리아재비과Ranunculaceae에 속하는 다년생으로 태어나 여러 해를 거듭 살아낼 수 있는 노오란 얼음꽃의 나는 무엇보다 맑은 눈꽃을 피워낼 수 있어서 행복하다. 어제 저녁 차디찬 바람결을 피해 꽃잎을 오무렸던 나는 오늘 아침 화알짝 꽃문을 연다.

생존

지면 위로 내리꽂히는 태양열, 한여름 무더위가 연일 계속되고 있다. 달구어진 지열 위로 뿜어져 오르는 한낮 폭염은 4층 작은 화단의 나뭇잎들을 바삭바삭 말리고 있다. 에티오피아 난민촌 앙상한 팔과 다리로 가난한 어미의 품에 안겨 사경을 헤매는 아이처럼 가쁜 숨을 쉬고 있다. 고무호수를 꺼내 수도꼭지를 틀고 키 큰 나무들 먼저 목을 축여주는데 시멘트 바닥에서 마른 흙냄새가 피어오르기 시작했다. 바닥으로 흐른 물줄기를 흡입한 시멘트가 뱉어내는 숨결이었다. 묵은 짚더미 속을 헤치면 쏴아 순식간에 코끝으로 달려드는 순한 사람의 냄새 같았다. 작은 선인장과 일년초 화분까지 흠뻑 적시고 나자 화단 주변은 비온 뒤의 싱그러운 숲속인 양 반짝거렸다. 가슴속 깊이 스며오는 생기를 마시며 실내로 들어와 유리문 밖으로 내다

보이는 각각의 나무들을 바라보는데 20년 함께한 소철 화분에 더부살이하는 해바라기 한 그루가 우뚝하니 눈에 들어왔다.

이른 봄 실내에서 거실 밖으로 이주를 시작한 화분들은 갇힌 공간의 한정된 습도와 온기에 겨우내 익숙한 몸을 풀고 자유로운 햇살과 심술궂은 바람에 적응하느라 진통 중이었다. 그리고 4월의 어느 날 지름 1m가 넘는 소철 화분 흙 표면에 예기치 않은 생명 줄기 하나가 돋아나 여느 잡초인 양 뽑아내려다가 순간 성장을 허락하게 되었다. 진작 땅의 주인은 소철나무인데 관리자의 알량한 권한으로 묵인한 셈이다. 하루하루 지나며 이 생명의 이름이 궁금했다. 식물도감의 폭넓은 상식이 부족했던 탓으로 그때까지 그 뿌리의 근원을 알아채지 못했다. 하루가 다르게 기둥을 세우고 줄기를 만들기 시작하던 어느 날이 되어서야 혹시 해바라기 잎이 아닐까 예감할 수 있었다. 쑥쑥 키를 높이는 식물은 본디 주인인 소철의 키를 뛰어넘기 시작하고 완연한 제 이름에 맞는 풍모를 보여주었다. 제가 이 화분의 주인인양 의기양양한 해바라기의 모양새로 키를 키웠다.

어떤 연유로 소철의 터전에 난데없는 씨앗이 발아되고 뿌리를 뻗어내어 한 그루 해바라기가 되었는지 궁금하지 않을 수 없었다. 2m가 넘게 키가 솟아올라 위풍당당하게 기둥 끝으로 둥근 꽃방을 머금고 있는 해바라기를 보면서 생명을 지닌 존재들의 생존의 의미를 생각했다. 씨앗을 뿌린 적 없는 것 같은데도 불구하고 어떤 경로에서건 씨앗 하나가 꽃나무가 되어 성장하고 있는 사실만은 분명했다. '어디에서든지 뿌리를 내려라, 살아내기만 하면 된다.'는 절박한 현실을 바라보았다. 소철 화분 속 소철의 성장은 약화되고 더부살이하는 해바라기의 왕성한 성장은 하늘을 치솟고 있다. 자기 둥지를 짓지 않는 뻐꾸기가 남의 둥지에 알을 낳아 놓으면 제 새끼인 줄 알고 키우는 붉은머리오목눈이새처럼 소철은 제 둥지 가운데에서 돋아난 해바라기 씨앗 하나가 뿌리를 내리고 꽃을 피우고 있다는 사실을 묵묵히 받아들이고 있는 것이다.

경석이나 마사석으로 뿌리를 감싸고 있는 난초들은 일반 화초들과는 토향이 다르다. 공기 중에 노출되어 사는 기근氣根의 난초 뿌리는 공기유통이 원활해야 하는 특성의 식물이다. 그 난초의 화분 속에서도 끈질긴 잡초들의 생명 돋아 올림을 확인하게 된다. 며칠이 지나기 무섭게 뽑아내지만 손톱 끝 크기의 잎새들을 팔락이며 곱다란 풀포기를 세워놓게 되는데 앙증스럽고 갸륵하다 싶을 때도 있다. 잡풀 무리의 번식력이 얼마나 강인한지 며칠 눈감아주면 감당하기 어려울만큼 잡초들은 화분 표면을 뒤덮고 만다. 결국 고고한 자태의 난초본연의 품격을 저해한다는 이유로 나는 악랄한 무법자가 되고 만다. '그래 맘껏 펼쳐봐 생명의 힘을 한껏 보여줘.' 하면서도 갈퀴손이 된다. 생존의 의미는 살고 싶은 것임에 분명하지만 어디서나 자유롭지는 않다.

참 이상한 식물 하나가 있다. 2년 전 봄날 얻어다 놓은 조롱박 씨앗을 잊고 있다가 혹시나 불그레한 대형 고무화분에 뿌려 놓았는데 제 생명의 씨눈을 잃어버렸던 모양이다. 조롱박 순은 하나도 움트지 못하고 잡풀 사이로 돋아난 여느 풀포기와 다른 생김새의 새싹을 해바라기 순처럼 흙에 남겨두었었다. 이 생명이 어찌나 왕성하게 가지를 뻗고 키를 키우는지 검푸른 잎새가 마치 호랑가시나무 비슷한 길쭉한 모양의 본색을 알 수 없는 크기로 쑥쑥 자라고 있다. 조롱박이 자라야 할 둥지에 저 혼자 기름진 흙을 차지하고 1m 높이의 트리모양을 하고 있는 것이다. 무성한 잎들 끝으로 몽글몽글한 작은 꽃송이를 물고 있는 듯도 한데 쉽게 확인하기 어려운 높이를 지니고 있다. 손가락 작은 마디로 돋아난 새싹 하나가 이런 성장의 모양을 어떻게 보이는 가 싶어 기대를 하고 있다.

생존의 의미를 생각한다. 하루 세 끼니를 먹는 일, 주어진 일상에 최선을 다하고 나서 TV에 잠시 신경을 모으다가 노트북에 앉아 두 손을 움직이며 세상 사는 삶을 문자로 그려대는 일을 한다. 이 같은 일의 반복이 내 생존의 가치를 세우는 일이다. 물론 웃고 혹은 슬퍼서 울고 그리워하고 미워하는 일 도 일상 속에 있다. 해를 좇아 기웃거리는 저 한 그루의 해바라기처럼, 남의 집 대문을 가득 장악한 잡초들의 몸짓이거나, 나는 이름 모를 존재로 싱싱하 게 키를 키우는 식물의 하나라고 말할 수 있다. 문득 내 생존의 의미가 별거 아니었다는 말을 할 수 있을까 겁이 난다. 맹렬하게 악착같이 살아내고 있는 생명들의 이름을 나열해 본다. 해바라기-.

안개

해가 서산에 저물어 보이지 않는다. 다만 빛의 흔적만 사위를 어슴푸레 감싸고 있다. 7월의 마른장마가 지속되는 후덥지근한 삼복 중, 어쩌다 마주하는 이 박무薄霧의 시간을 나는 좋아한다. 밝음에서 어둠으로 넘어가는 찰나, 어스름의 알 수 없는 슬픔으로 촉촉한, 알 수 없는 고독으로 깊어가는 가슴 울리는 잠깐의 시간이다. 오늘은 수묵화의 농담濃淡을 풀어 놓은 듯 자욱한 안개마저 시야를 흐리게 한다. 깊은 미혹의 늪이 되어 유혹하고 있다. 조금씩 감추어지는 북한산과 그 아래 즐비한 창문들의 아파트 건물이 안개의 농무農舞로 사라졌다 나타나고 사라졌다 나타난다.

사물이 시야에 비춰진다는 것은 사물이 사람들과 직시하는 아름다운 소통이다. 마치 내가 너를 맞이하듯이, 네가 나를 맞이하듯이 꽃잎의 어여쁨

같은 아름다운 만남인 것이다. 내력을 모르던 너의 겉모습을 알게 되고, 너의 속마음을 짚어낼 수 있다는 화애和靄의 몸짓이다. 적어도 안개와 같은 사물의 실체를 저해하는 장해물이 존재하지 않는 한 세상 속에 놓여진 수많은 대상들과 눈을 마주하는 기쁨일 것이다. 어떤 신비스런 대상이 눈동자에 스며들 때는, 환히 밝아오는 달빛과 같이 의식은 조용한 파문으로 술렁이기 시작한다. 하지만, 안개는 자신의 젖은 속살을 연기처럼 풀어 세상 속에 빛나는 그림들을 하나하나 감추고 만다.

밝음에서 어둠으로 넘어가는 순간, 어둠은 갑자기 품에 끌어안고 있던 잡다한 형상들을 풀어내듯 홀가분하게 스스로의 모습조차 감추고 만다. 자욱한 안개가 빛으로 품어 안았던 세상 속 물체들을 감추고 있듯이-. 가끔 염려할 때가 있다. 불현듯 꿈틀거리고 있는 알 수 없는 욕심의 덩이를 발견할 때가 있는데 순간 '---다워야 한다'는 성숙한 사람으로의 질서와 도리에 대한 가치를 생각하게 된다는 것이다.

인간 원형의 본능적 자유를 겹겹 안개의 휘장으로 감추고 있는 건 무엇일까? 라는 의구심이 인다. 큰소리로 화를 내기도 하고, 가슴속 숨은 이야기를 거침없이 쏟아 놓기도 하는 다듬어지지 않은 모난 그대로의 표현이 그리울 때가 있다. 안개의 깊이는 앞이 보이지 않는 어둠이다. 온갖 모순된 삶의 경험으로 녹슬어 진실을 허무는 늪이 아닌가 싶을 때가 있다.

미궁에 빠진 사실을 숨기기 위해 베일을 깔아놓고 주변의 이목을 넓히는 범죄자의 모습을 닮은 존재가 안개이다. 세상을 떠들썩하게 한 유람선인 세월호의 근원적 사고의 원흉으로 지목한 유병언 전 세모그룹회장의 사체를 발견했다. 그리고 온 나라 전체가 안개 속에 감추어진 사인死因에 대한 이견이 분분하다. 자연사다, '정치적 배경으로 조작된 타살이다, 차명계좌로 등록된 소유권자들의 청부살인이다.'하며 근거가 불분명한 예측들을 사실처럼 유포하고 있다. '구원파'라는 종교단체의 절대교주였던 유병언의 목회자답지 않은 화려한 삶의 궤적이 드러나기도 했지만, 견고한 안개 속에 묻혀버린 수많은 모순으로 위장된 진실들이 무덤 속에 덮이지 않을까 걱정이다.

안개의 입자는 운명적으로 슬픔을 안고 있다. 눈물처럼 젖어 사는 물의 분자로 방울진 작은 물방울들의 유희이다. 이른 아침 대관령 휴양림에서 마주한 아름드리 송림松林사이로 춤추듯 너울거리는 짙은 안개 속을 걸었다. 밤사이 내린 비의 양이 적지 않았는지 계곡에서 들려주는 물소리는 질주하는 말발굽 소리 같았다. 안개는 나무의 신령神靈같았으며 소나무 신이 현신하여 군무를 추는 웅대한 행렬이었다. 어느 죽은 영혼의 한풀이라도 하는 듯 아름드리나무들 허리를 장삼자락으로 무리지어 감싸다가 휘어진 가지를 휘돌아 솔가지를 해방시키는 안무는 신비경을 달리 말하지 않아도 좋을 것 같았다. 종내에는 휴양림 전체를 안개바다로 자욱하게 침몰시키고 말았지만 휴양림 계곡의 우렁찬 물소리가 아직도 들리는 듯하다.

가끔씩 북한산 자락은 맑은 날에 지녔던 울창한 나무숲이나 바람에 흔들리는 나뭇잎의 울림까지도 감지하게 되는데 지금은 그게 아니다. 자욱한 안개의 옷을 입고 제 본연의 모습을 감추고 있다. 안개가 산의 정령까지 삼켜

버린 듯하다. 새로 건설한 아파트 단지, 언덕쯤의 교회 십자가 첨탑, 다세대 주택으로 개량된 주택가를 모두 삼켜버렸다. 아득하게 삼켜버렸다. 보인다는 것과 보이지 않는다는 것은 세상에 존재하였다가 존재를 잃는다는 의미이기도 하다. 안개 속에 감추어진 산과 나무들, 아파트, 높고 낮은 주택들의 소중한 의미들을 생각한다. 어둠이 조금씩 짙어지고 있다. 밤의 찬란한 불빛이 하나둘 안개 속에 가두어 두었던 대상들을 풀어내고 있다.

마름과 젖음 사이

준비해 두었던 시간이 다가온 듯 플라타너스 나무 밑으로 누렇게 마른 잎 하나가 온몸을 웅크리고 떨어졌다. 저 빈한한 자세는 무엇인지 가까이 다가가 눈을 맞춰보았다. 젖은 물기란 물기는 깡그리 증발되어진 앙상한 모양새다. 평생 자식과 남편을 위해 헌신하시다 병상에 누운 어머니의 80노구 같아 가슴을 모았다. 엄지와 검지로 살며시 들어 올렸을 뿐인데도 바스락 잎 조각이 떨어져 내린다. 생명의 흐름들이 뚝뚝 끊어져 바스러지고 있었다. 처절한 무심으로 가루가 되어 내리는 마름의 상징적 의미는 무엇일까. 어머니는 몸속 생명의 기운이 빈틈없이 소진되어 땅에 떨어진 앙상한 마른 잎으로 주검이라는 생의 흔적을 짓고 있었다.

15년 전 시어머니는 80노구를 세상에서 거두어 영원한 당신만의 집으로 돌아가셨다. 매일 새벽이면 일어나 전기밥솥에 불을 붙이고 일에 바쁜 며느리의 일손을 덜어주시던 어머니는 그렇게 소파에 누워계셨다. 분주히 제 시간에 깨어나는 식구들이 평시와 다름없이 누워계신 어머니를 별다른 의심없이 바라보았던 일은 예사로웠다. 아침상을 다 차리고 나서도 미동이 없는 할머니를 깨우다가 놀란 것은 큰손자의 손길이었다. 힘없이 소파 밑으로 떨어지는 할머니의 팔을 잡고서야 이미 숨을 내려놓은 지 한참인 것을 알았다. 너무나 평화롭게 너무나 고요하게 눈을 감고 계셔서 잠이 든 것으로만 착각했던 것이다.

입관의식이 시작되고 청결하게 씻겨진 어머니를 염습하기 시작했다. 정성을 다해 차곡차곡 염포를 입히고 마지막 이생에서의 어머니를 뵙는 가족들의 이별이 이루어졌다. 평생 어머니의 생이 손이 아닌 자식이 없었다는 2남 2녀가 어머니의 얼굴을 감싸며 오열했다. 작은며느리의 자리에서 제대로 봉양하지 못했음에도 너그럽게 이해하고 배려하셨던 어머니의 조용한 얼굴에 두 손을 모았다. 어찌나 얼음장 같은지 그 냉정함이 아파 눈물을 참기 어려웠다. 꾸덕 꾸덕 말라가는 건조대에 널린 생선처럼 견고한 이별을 감지했다. 생명이 빠져나간 육신에는 마른바람이 폭력처럼 불어오는 모양이다. 시간의 두께에 휘감긴 마른 바람이 젖은 나무의 물기를 빨아내고 있었다.

암으로 생명을 잃은 남편을 평시처럼 방 안에 모셔놓고 7년간이나 함께 생활했다는 가족의 뉴스가 보도되었다. 미라처럼 앙상한 시신을 살아 있는 사람이라 생각했다는 가족들은 식사를 할 때도 잠을 잘 때도 같이 했다고 한다. 하물며 외출할 때도 인사를 하고 다녀와서도 생시처럼 인사를 잊지 않았다는 것이다. 앙상하게 마른 육신을 매일 씻기고 관리했다는 아내는 어쩜 그 미라의 육신에 생명의 물을 부어 흐름으로 젖게 하고 싶었는지 모른다. 죽음을 살아 있음으로 인식했다는 약사 아내는 기도를 드리면 남편은 부활할 수 있을 것이라는 믿음을 지닌 신실한 기독교 신자라고 한다. 다시 태어나도 남편과 같은 사람을 사랑하겠다던 아내의 바람은 마른 육신에 촉촉한 생명수를 부어주는 일이었다.

품에 안고 있던 겨울을 내려놓고 화창한 햇살을 누리에 비춰내는 봄날의 나무는 한창 줄기마다 생명수를 끌어 올리고 있다. 탱탱하게 물이 오른 나뭇가지에는 파릇한 생명의 순筍이 돋아나 아기 눈망울 같은 물기를 머금었다. 살아 있다는 위대한 물 흐름의 싱그러움이다. 헌데 마른 나뭇가지 하나가 회색빛 거칠어진 살갗으로 생명의 눈을 틔우지 못하고 곁가지로 붙어있다. 어쩌다 생명줄을 놓아버렸는지 앙상히 마른가지는 손끝으로 건드리기 무섭게 꺾이어 땅에 떨어지고 말았다. 젖은 나뭇가지는 꺾기지 않지만 마른 나뭇가지는 뚝 외마디 호흡을 남기고 생존의 대열에서 사라지고 만다.

마름과 젖음 사이는 실낱같은 경계를 의도한다. 생生과 사死의 갈림길에서 젖고 마른다. 마르고 젖는다. 생명의 모든 존재들은 젖는 일이며 죽음의 모든 존재들은 마른다. 마른 씨앗 하나가 생명의 물줄기를 타고 살아 있는 동안 뿌리는 끊임없는 자맥질로 생명수를 땅속 깊이에서 끌어 올리고 있다. 나무가 살아 있기를 멈추지 않을 때까지 뿌리는 생명의 물을 긷게 되는 일이지만 언젠가 나무도 제 생명의 한계를 내려놓지 않을 수 없어 물 긷기를 거부하는 것이다. 다만 앙상히 마른 나무의 초연한 이별이 있어 새 생명의 씨앗이 잉태되고 있다. 촉촉이 젖은 눈망울의 생명을 탄생시키는 마름이 있어 나무는 저리 푸르다.

십자가, 빌딩이 걸린 하늘

가을빛 가득한 하늘이다. 몇 갈래의 바람이 비질을 하듯 푸른 하늘을 쓸고 지나간다. 비질 끝에 쓸려 흐르는 구름의 움직임을 따라가는데 열린 살갗에 스치는 바람의 감촉이 제법 깊은 가을 냄새를 흩트려 놓고 있다. 하늘 한쪽에 걸린 플라타너스 나뭇가지도 손바닥 같은 잎으로 무심히 흔들거린다. 동네 초입 7층 교회 건물 옥탑의 십자가는 흰 구름을 배경으로 두 팔을 벌리고 미동 없이 서 있다. 십자가에서 대각선으로 서 있는 10층 건물은 실외 둥근 안테나를 옥상 귀퉁이마다 붙들고 있다. 4층 건물 꼭대기 유리창이 그려내는 이 한낮의 가을 풍경이 매우 한가롭다. 그러나 가을은 지난겨울과 봄, 여름이 감내한 인내의 결실이다.

현관문을 나서기 무섭게 완연한 가을 냄새다. 시각적인 풍요가 과일가게의 진열대에서부터 시작되는 것 같다. 붉고 노란 빛깔의 과실들이 윤기 흐르는 싱싱한 살갗으로 쌓여있다. 보기만 해도 감사로운 사과 배 복숭아 포도송이들은 각기 나무가 감내했을 등줄기에 흐르던 땀으로 이룩한 결과물이다. 골목길에 이르자 어느 날처럼 손수레 위에 폐지를 높이 쌓아올리는 등 굽은 할머니가 보인다. 당신의 키를 훌쩍 넘는 재활용 폐지를 굵은 고무줄로 돌려 묶어 움직이지 않도록 고정하고 있다. 갈퀴손처럼 거친 할머니의 손놀림이 오늘은 제법 힘이 솟아 보인다. 수레 위에 쌓인 폐지를 다독이는 할머니의 굵게 주름진 낯빛은 저 큰길가 10층 높이의 건물만큼 눈부시다. 할머니는 지금 고단한 당신의 손길로 사과나무 한 그루를 가꾸고 있는 것이다.

성당에 이르는 길 좁은 골목을 지나려면 꽃들의 동네를 지나야 한다. 나이 든 할머니 한 분의 꽃 사랑이 골목을 환하게 피워낸 것이다. 봄부터 가을까지 스티로폼, 혹은 버려진 항아리 할 것 없이 줄지어 온갖 꽃들의 뿌리를 담고 있는 화분이 즐비하다. 오늘은 자주색 종이꽃이 한 아름 줄기를 세우고 꽃송이를 피워내고 있다. 재래종 백일홍, 맨드라미도 가을을 보다 붉게 물들이는 몸짓이다. 꽃나무 한 그루가 꽃을 피우는 일처럼 세상을 아름다움으로 피워낼 수 있는 일은 거룩하다는 생각을 하게 된다. 꽃길을 지날 때면 바쁜 걸음도 숨을 고르게 되고 꽃마다에 눈을 맞추게 되면 미소를 머금게 된다. 골목을 지나는 수많은 이들에게 행복을 나누어주는 할머니의 가슴 위에는 십자가가 반짝이고 있다.

횡단보도를 지나 인도에 올라 가로수 밑을 걷고 있는데 누렇게 바랜 플라타너스 잎 하나가 도망치듯 달려와 발밑에 멈춰 섰다. 뿌리는 아직 나무의 수맥을 통하여 수분공급을 지속하고 있는 모양인데 어쩌다 잎 하나가 여행길의 낙오자처럼 소통이 차단된 모양이다. 떨어져 내린 바스락거리는 낙엽의 길을 생각한다. 바람의 손길에 뒤채이다 흔적 없이 바스러질 앙상하게 메마른 몸이다. 저 들녘의 풍요 뒤에 시작하는 가을이 깊어가고 있다. 시인 이상윤은 '길 끝에 서면 모두가 아름답다.'고 했다. 시간의 재가 되기 위해서 조용히 타오르기 때문이며 올 때보다 떠날 때가 더 아름답기 위해 나무는 그토록 붉은 단풍의 옷을 입는다는 것이다. 그러나 때 이른 이별 앞에서 고운 단풍 물도 들이지 못하고 성급히 떠난 마른 잎 하나가 목에 박힌 가시처럼 아프다.

이 성스러운 가을을 맞이하기 위해 봄부터 뿌리를 내리고 싹을 틔웠던 나무들의 수고를 생각한다. 제 몸을 소진시키며 부화의 산실이 마지막 무덤이 되는 애어리염낭거미의 종족 보존의 사랑은 세상 어떤 모성애로도 비견할 수 없는 어미의 사랑이다. 보글거리는 새끼들에게 자신의 골과 살을 다 내어주고 최후를 맞는 어미의 사랑처럼 수천 개의 사과를 휘어진 제 육신에 달아놓고 성숙되기를 기다리는 사과나무의 허리 굽은 헌신이 새삼 감사롭지 않을 수 없다. 아름다움은 고귀한 자기희생의 산물이다.

가을은 하늘 위에 저 높은 빌딩을 세우기 위한 시간이며 공간이다. 세상 모든 크고 작은 욕망의 정점이 되는 이 계절에 비로소 삶의 의미에 눈뜨게 된다. 누에가 혼신으로 제 몸의 진액을 모아 가는 은사를 뽑아내듯, 꿈과 희망이 제 몸의 헌신으로 영근다는 사실을 보여준다. 세상에 존재하는 모든 생물들이 꿈꾸어 온 이 결실의 계절을 위해 나는 어떻게 자신을 투신하였을지 돌아보게 한다. 붉게 물들어 떠날 때의 아름다움을 남기는 단풍잎처럼, 제 육신을 자식을 위해 내어주는 애어리염낭거미처럼 가을은 겨울, 봄, 여름의 헌신으로 키운 계절이다.

남자는

연속된 무더위를 식히느라 지난밤 내내 비가 내렸다. 동이로 쏟아붓는가 싶더니 우두둑 지붕 위에 우박 떨어지는 소리가 들렸다. 마침내 천둥번개가 일고 우르릉 꽝꽝 반복되는 굉음이 귓전을 흔들었다. 그리고 어설픈 잠이 들었나보다. 눈을 뜨기 시작한 것은 어둠의 휘장이 서서히 걷히는 새벽, 조각 창문으로 뿌옇게 안개를 덮고 있는 산자락이 눈에 들고 분주한 참새 떼들의 모닝콜이 경쾌하게 들려왔다. 침대에서 일어나 유리문을 옆으로 밀자 찬 공기가 폐부에 스며들고 멀리 도로를 달리는 차량의 소음이 조금씩 하루를 깨우고 있었다. 간밤 내리던 빗줄기는 4층 작은 화단 주변의 시멘트 바닥을 깔끔하게 쓸어 놓았나보다. 싸리비로 쓸어 놓은 마당 같았다. 비로소 새벽을 여는 동녘의 먼빛은 서서히 어둠 속에 갇힌 생명의 씨앗들을 깨우기 시작했다.

무슨 휘몰아치는 파도의 쫓음 있었을까. 살갗 해어진 몸으로 화단 옆 하수구 앞에 누워있는 지렁이 한 마리가 간밤 젖은 하늘을 무겁게 이고 있다. 엷은 S자의 곡선을 그려 놓고 기력을 잃은 듯싶다. 어떤 비상飛上을 향한 풀무질이었는지 꼼짝하지 않고 있다. 안간힘으로 치달아 온 등반이었을 것이다. 빛 하나 없는 지름 3cm 하수구 배관 어둠의 통로, 팔 하나를 뻗어 높이를 잡고, 팔 하나를 뻗어 발을 딛는 반복된 땀방울로 안착한 육신이 애처롭다. 지하 하수구를 기점으로 1층에서 4층 높이까지 그가 달려온 고단한 생존의 흔적을 가늠해 본다. 쏟아지는 오수汚水는 얼마나 역겨웠을지.

지난주 토요일 오후 10시가 넘은 시각, 아직도 서울역 광장은 인파로 분주했다. 광장을 빠져나와 대중교통을 이용하기로 했다. 버스 정류장을 향하려는데 서너 걸음쯤 앞에 길게 누워있는 검은 물체가 길을 막았다. 천막뭉치를 둘둘 말아 놓은 형상이어서 뛰어넘어야겠다는 생각에 무심코 발길을 재촉하다가 멈춰 섰다. 단순한 물체로의 존재가 아닌, 살아 있는 생명의 기운을 느낄 수 있었다. 약간의 곡선으로 상체를 구부린 머리 쪽에 거의 드러나지 않는 얼굴이 숨겨져 있었지만 손과 발도 보이지 않았다. 얼핏 바라보면 완곡하게 버려진 어둠의 뭉치임에 분명했다. 그는 대한민국 어느 지역에서나 밤낮 가리지 않고 상경하는 사람들의 진입로인 서울역 광장을 여봐란 듯이 차지하고 아무런 미동도 보이지 않았다.

남자였다. 멈춰선 걸음으로 내려다본 그의 청사진은 검은 베일에 싸여 다

해어진 너덜거리는 폐허였다. 과거의 생을 버리고 현재의 생을 버리고 미래의 생을 구겨버린 바람 다 빠진 고무풍선의 거죽을 뒤집어쓰고 있을 뿐이었다. 조용히 미동 없이 구부려 누운 몸으로 무슨 말을 하고 있는 것일지 돌아서는 발걸음이 아팠다. 얼마큼 뛰어오다가 넘어져 이곳에 안주하려 한 것일까. 얼마나 아름다운 새의 날개를 달고 비상하다가 추락하여 이곳에 닿은 것일까. 얼마나 높은 산을 오르려다 다시는 오르지 못할 등반으로 굴러 떨어져 하산하고 만 것인지. 어떤 반복된 좌절이 한 걸음도 나아갈 수 없는 깊은 절망의 나락에 밀어 넣고 말았을까를 생각했다.

남자의 눅눅한 머리카락 밑에는 붉은 노끈으로 칭칭 동여진 보따리 하나가 있었다. 베개처럼 베고 있는 검은 내력이 좀체 궁금증을 내려놓게 하지 않았다. 버스를 타고 집으로 향하는 내내 나는 그의 보따리를 풀어내고 있었다. 어쩌면 남자가 걸었던 삶의 오색실들이 기름진 손때로 얼룩져 차곡하게 접혀있을 것만 같았다. 현관에 나와 출퇴근을 돕던 아내의 목소리가 들리고, 아이들의 웃음소리가 하루의 피곤을 풀어내던 내밀한 가정의 역사가 끊어진 일기장처럼 싸여있을 것만 같았다.

시간은 멈춤 없이 흐르고 있다. 그 변함없는 시간의 레일 위에 생명은 숨소리를 높이기도 하고 숨소리를 낮추기도 한다. 한때는 온갖 열정으로 시간을 쪼개며 거듭된 성과로 기쁨의 나날을 살아온 적도 있고, 한때는 온갖 힘으로 산정을 올라도 닿을 수 없는 좌절이 이카로스의 새를 닮게 한다. 묵묵한 시간 속에 묻혀 사는 것이 생명을 지닌 존재들이 감당해야 할 행로이다.

검은 어둠의 물체로 누워있는 하수구 배관을 타고 올라온 기력을 잃은 지렁이 한 마리가 서울역 광장에 누워있는 것이다. 기적을 바란다면 검은 어둠의 베일을 훌훌 벗어내고 일어서 걸어가는 남자의 모습을 보고 싶다. 밤의 어둠은 찬란한 아침의 씨앗을 잉태하여 분만하는 신비의 힘을 내장하고 있는 까닭이다.

관계의 끈

짙은 녹음의 6월 숲이다. 키 작은 산딸나무, 청단풍나무, 이팝나무들이 서로 키재기를 하며 몸을 흔들고 있다. 마치 개구쟁이 소년인 돌이와 꽁이처럼 서로 몸을 당기거나 부딪치기도 하며 숲의 동심을 자아내고 있다. 한 걸음 더 나아가 낮은 자세로 앉아 아름드리 굵은 나무 밑둥을 내려다보면 선태식물인 이끼들의 조용한 속삭임을 들을 수 있다. 잎과 줄기의 구별이 분명하지 않아 서로 스크럼을 짜듯 무리를 이루고 있는 모양이 마치 럭비선수들 같다. 서로 똘똘 뭉쳐 머리를 낮추고 몸을 끌어안고 있는 듯 단결된 모양새다. 너와 나의 끈으로 올곧게 연결된 관계의 회로 속에 다소곳이 숨 쉬고 있다.

나뭇가지와 바람, 그리고 나뭇잎- 그들 사이로 스며와 반짝이는 햇살을 바라보면 모두가 환한 웃음을 짓고 있다. 무슨 기쁨인지 몰라도 무슨 행복인지 몰라도 가지를 흔들던 바람과 그 바람의 손끝에서 춤을 추는 나뭇잎이 얼마나 아름다운지 모른다. 햇살의 미더운 숨결이 이들의 일상을 윤기나게 어루만진 결과이다. 매일 아침 눈을 뜨면 어제와 같은 아침이 창문가에 햇살을 앉혀놓고 참새 몇 마리 전깃줄에 지저귈 때면, 내 새날의 삶이 무엇인지 알 수 없는 기쁨과 희망으로 가득해진다. 한걸음 돌아서면 누군가 내 곁을, 무엇인가 내 곁에 눈을 맞추고 있다는 안위이다.

죽녹원 대숲 속에 들어서면 조용한 미풍으로부터 시작하여 서서히 세기를 더하는 대숲의 숨소리를 듣게 된다. 쏴아 쏴— 모래사장에 밀려드는 바닷물의 청정한 음조音調 같기도 하여 눈을 감아 보았다. 6월의 대숲이 전하는 밀어일지도 모른다는 생각에 걸음을 더하다가 먼 듯 가까운 듯 취각을 흔드는 향기에 걸음을 멈춰서고 말았다. 바람이 전해주는 선물이었다. 미세한 향기에 취하고 나서야 하늘 높은 높이의 대나무 밑 불쑥불쑥 솟아오른 죽순들과 눈을 마주쳤다. 저 어린 생명들이 있어 죽녹원 숲의 역사는 겹겹이 이어질 것이라는 믿음으로 존재하고 있었다. 너와 나로 잇는 은밀한 관계의 시작을 보았다.

사람의 숲에 들어서면 도로변 수없이 많은 인파 속에서 옷깃 하나만 스쳐도 전생의 인연에 연유한 것이라 말하고 있다. 산딸나무, 청단풍나무가 소나무 곁이나 자귀나무 밑에 뿌리를 내려 사는 까닭도 전생의 인연에 연유한 것이라 한다. 시인 한 분이 카카오톡에 탤런트 김수미와 김혜자의 우정 어린 미담을 보내와 감동스럽게 읽었다. 남편의 사업 실패로 빚더미에 앉은 김수미의 사정을 알고 김혜자는 전 재산이 든 통장을 내주었다고 한다. 힘들고 어려울 때 기꺼이 전 재산을 내어 줄 수 있었던 김혜자에게 김수미는 자신의 목숨까지 내어 놓을 만큼의 사랑을 보내고 있었다. 긴박한 삶의 순간을 맞이했을 때, 신뢰와 사랑을 나눌 수 있는 관계의 한 사람이 곁에 있다면 참으로 소중한 인연이며 행복을 누릴 수 있는 사람일 것이다.

숲은 때로는 잠잠하고 조용한 고요의 늪이 되기도 하지만, 가끔은 폭풍우 몰아치는 아우성으로 혼돈스러울 때가 있다. 불협화음의 대상과 대상들이 서로 등을 돌리는 관계가 되어 기둥이 무너지고 가지가 꺾이는 아픔을 겪고 있다. 뜻하지 않은 폭풍우가 숲을 비집고 가지를 휘어잡으면 아름드리 느티나무도 키 낮은 나무들의 몸체를 무너뜨리고 만다. 양식 없는 무뢰한들이 어린 소녀들의 아직 피워내지도 못한 꽃봉오리를 꺾어 놓고 평생 상처의 아픔으로 앓게 하는 이 참담한 현실에 슬퍼하지 않을 수 없다. 잘 가꾸고 다듬어 미래의 재목으로 키워내야 할 꽃나무 한 그루였다. 너는 누구이고 너와 관계를 소통하고 있는 나는 누구로부터 비롯되어 세상을 호흡하고 있다는 깨달음이 더욱 필요한 시기인 듯하다.

가까이 곁을 이루는 너와 나의 관계는 더욱 상처가 되기 쉽고, 상처를 입기 쉽다. 그러나 믿음이라는 신뢰가 서로에게 놓여진 불신의 벽을 무너뜨릴 수 있는 디딤돌이 되겠지만 삶은 너와 나를 잇는 소중한 관계의 끈이다. 너의 곁에 낮은 자세로 서 있는 '나'일 수 있고 '너'일 수 있다는 이 아름다움이

어쩌면 하루에 젖은 고단을 치유하고, 내일을 여는 희망으로 존재하는지 모른다. 무심코 곁을 이루더니 어느 날 네가 대관령 자연 휴양림의 한 그루 아름드리 소나무가 되어 내 곁을 지키고 있다는 사실에 눈을 뜨게 되는 고맙고 은혜로운 일, 이 인연을 사랑하지 않을 수 없다.

만나고 싶다, 어머니

바람이 차다. 제법 가을이 제 모습을 찾기 시작하는 모양이다. 차려 입은 엷은 가디건도 잠자리 날개만큼 가볍다. 살갗으로 스며들던 바람이 가슴 깊은 허허한 빈자리에 파고들어 깊이를 더하고 있다. 쉬이 다독여지지 않는 공허한 자리에 스며서 세상의 어떤 햇살로도 채워지지 않는 아픔을 들추어낸다. 이생의 열쇠로는 누구도 풀어낼 수 없는 질퍽한 이별의 퇴적물로 쌓인 아린 그리움이다. 오직 한 사람의 따뜻한 손길만이 치유의 힘이 될 수 있는 빈자리에 선다. 어떤 고난도 어떤 괴로움도 결국 딛고 일어서는 당신의 희생으로 꽃피워지는 '어머니'라는 그 이름을 불러본다. 한 번쯤 만나고 싶은 이름이다.

산이 무너지는 산고로부터 어머니는 나를 만나셨지만 그 어머니와의 이별은 하늘이 내려앉는 아픔으로 시작되었다. 밤새 숨을 몰아쉬었다가 끊어지고, 끊어졌던 숨이 얼마쯤의 시간이 흐른 뒤에는 몰아쉬기를 반복하곤 했다. 차마 감을 수 없는 눈으로 하루 한낮을 버티던 어머니가 새벽녘이 되어 끝내 생명을 내려놓으셨다. 안간힘으로 끊어지는 숨을 잡고 버티어 오던 이틀간의 사투는 아픔이었다. 어린 새끼들을 남기고 죽음에 이르는 어미 개의 눈가에 흐르던 피눈물처럼 가슴 찢는 고통이었을 것이다.

눈을 감겨드리라는 어른들의 말씀에 어린 내 손은 허공을 응시하고 계신, 어머니의 두 눈 위 꺼풀을 아래로 쓸어내렸다. 유리문의 커튼을 닫듯 어머니는 순순히 눈을 감아주셨다. 열세 살 아이의 나는 난생처음 염꾼의 염습과정을 지켜야 했다. 장롱 속 한복을 꺼내어 입히고 곱게 화장을 시킨 어머니의 얼굴은 염포에 싸여졌다. 말이 닫히고 눈물샘도 막혀버린 나는 이른 아침 밖으로 뛰어나와 하늘을 쳐다보았다. 회색빛 암울한 낯빛의 하늘은 낮게 내려앉아 나를 바라보았다. 먹먹한 두 귀는 온갖 소리들을 차단시킨 듯 막막했다. 고개를 떨어뜨리다가 몇 번씩 하늘을 올려다보았다. 그 어떤 생각도 그 어떤 감정도 느낄 수 없이 나는 미로를 걷고 있었다.

몸에 맞지 않는 상복을 입고 머리에는 짚으로 엮은 수질首経을 두르고, 허리에는 요질腰経을 매고 발보다 큰 짚신을 신고 어른들이 유도하는 어머니 뒤를 따를 때에도 나는 눈물을 흘리지 않았다. 아니 눈물을 흘리지 않았음에도 눈물이 말라 한 방울도 흐르지 않았다. 동네 사람들이 골목에 나와 안타까운 말로 품에 안고 보듬어 주어도 나는 너무도 멍한 이 죽음의 혹독한 이별을 알아채지 못했다. 어머니의 죽음은 다시 돌이킬 수 없는 잔인한 그리움의 통증이 된다는 사실을 알지 못했다. 여름 무더위는 동네를 벗어나 신작로 길을 한참 걸어가고 산자락에 닿는 내내 어머니를 모시는 어른들을 힘겹게 했다.

어머니의 육신을 담을 묘 터에는 인부들이 이미 깊은 구덩이를 파놓고 있었다. 흰 수염을 기르신 이장 할아버지는 앞이 훤히 내다보이는 산언덕에 나를 앉히시고 묘 자리가 명당이라 하시며 묘 자리에서 파낸 붉은 흙을 손에 쥐고 걱정하지 말라고 하셨다. 그리고 어머니는 끝내 땅속 당신의 새집에 들어가 어둠으로 덮인 문을 닫았다. 내 손에서 한 삽의 흙이 뿌려지기 무섭게 일꾼들은 어머니를 싸고 있던 생의 모든 흔적을 감추어 버렸다. 그때였다. 순간 가슴에선 봇물 터지듯 이제껏 막혀있던 슬픔의 파도가 밀려오기 시작했다. 보이지 않는 어머니의 실체에 대한, 존재를 지워버린 것에 대한 이별의 어이없음에 통곡하고 말았다.

어머니는 내 잠의 베갯잇을 수없이 적시게 했고, 소년에서 청년기의 울렁거리는 외로움을 굳건히 견디라 주문하셨다. 젊은 날의 어머니 사진 몇 장이 남아 어머니를 돌이키고는 했지만 팔베개를 하고 품에 안아 눕던 어머니를 느낄 수 없어 낯설기만 했다. 그리고 나는 지금 50년이 넘는 삶의 시간을 어머니를 버리고 살아가고 있다. 어머니가 생명을 내려놓고 가신 나이의 곱절을 살아내며 어머니 가시던 그날을 돌이키고 있다. 한 번쯤 살아 돌아오실 수만 있다면 얼마나 좋을까. 단 한 번이라도 만날 수 있다면 얼마나 좋을까. 꿈꾸고 있다.

씨앗의 숨소리

　　제법 가쁜 숨소리가 경칩의 보송한 흙을 허물고 고개를 들고 있다. 지상의 세계를 향한 뜨거운 달음질 끝 머지않은 생명 탄생의 신호이다. 지표면의 숨구멍마다 초록빛 생명의 합창이 들리는 듯 지난가을의 흔적으로 쌓인 마른 풀잎을 손끝으로 더듬어 보았다. 뜨거운 생명의 씨앗들이 파릇한 새순을 솟아 올릴 장엄한 몸짓이 보인다. 오늘따라 햇살은 한껏 따사로운 빛의 가닥을 풀어 조근 조근 흙의 잔등을 쓰다듬고 있다. "그래 어서 일어서거라. 조금만 더 고개를 들어 봐." 어머니의 부드러운 손길처럼 훈훈한 햇살의 사랑이 봄을 일으켜 세우는 중이다.

　첫 아이를 몸속에 품고 조금씩 불러오는 배를 두 손으로 감싸면 뱃속의 아이는 어미의 감촉에 반응하며 불쑥불쑥 발길질을 하곤 했다. 어찌나 신기한

지 하루에 몇 번이고 소통의 교신을 반복했다. "그래, 엄마란다. 아가야! 어서 무럭무럭 자라거라. 그리고 세상의 바다에서 만나는 거야." 아기의 숨소리를 감지하며 알 수 없는 새 생명의 얼굴을 그려보았다. 그렇게 십 개월의 시간이 지나 입춘이 머지않은 날 아기는 산도를 빠져나와 생명의 첫 울음을 들려주었다. 파릇이 봄날의 흙을 헤집고 돋아난 씨앗의 새순처럼 싱그러운 생명 탄생의 기쁨은 경이로움 그 자체였다. 분만의 첫 고통을 경험하고서야 아기가 세상 속 생명 하나로 탄생하는 거룩한 의미가 빛이라는 것을 깨닫게 되었다.

세상 모든 생명이 탄생하는 순간은 동녘에 떠오르는 아침 햇살의 빛이다. 어둠의 깊이에 빠져 빛의 그림자를 씨앗으로 딛고 일어선 고단한 첫걸음이다. 풀은 풀대로 동물은 동물대로 작은 곤충의 미물까지 새 생명은 제 모양 제 모습으로 성장하여 무엇이 될 수 있는 까닭이다. 꽃의 역사가 작은 티눈 크기의 씨앗에서 시작되었듯이 새 생명은 아름다움으로 피어나 향기로운 결실을 보여주려는 의지를 세운다. 때문에 모든 생명은 키를 키우고, 줄기를 키우고, 몸을 키우는 모양이다. 하나의 씨앗이 싹을 틔우는 일은 세상 어떤 가치도 뛰어넘을 수 없는 덕목이라는 것이다. 씨앗을 심지 않는 생명 탄생은 존재할 수 없는 이치처럼 밀알 하나의 희생은 신비의 싹을 돋아 올리는 사랑이며 빛이다.

지구촌 생명으로 태어난다는 일은 축복이다. 어떤 객체로든지 살아 있음으로 성장의 모습을 보여주고 있는 까닭이다. 명료한 점 하나의 위대한 몸짓으로 시작하는 생명의 가치는 아름다워야 한다는 숙명을 지니고 있다. 봄의 대지에 온통 초록빛 융단을 깔아 놓은 새순의 씨앗은 이미 제 살과 피를 대지의 품에 내어 주었지만, 새 생명의 숨소리는 이른 아침의 강물처럼 활기차다. 쌔근거리며 잠에 든 아기의 숨소리는 조금씩 키를 키워가는 새싹의 성장이며, 기둥을 세우고 가지를 뻗고 꽃을 피워 열매를 맺는 나무의 꿈을 세상에 펼치는 일이다. 꿈 하나의 순명順命으로 돋아 올린 씨앗의 아름다운 생명이 보여주는 고귀한 기쁨이며 행복이 아닐 수 없다.

세상을 환히 꽃피우는 일은 태초의 씨앗이 예비한 성장의 동력이며 존재의 향기로운 가치이다. 사람 하나가 혼신을 다해 마음 굶주린 가엾은 생명들을 거두어 삶을 키워내는 성과는 그 어떤 가치보다 아름답다. 남수단 톤즈에서 사랑을 꽃피운 고 이태석 신부의 고귀한 희생과 숭고한 사랑이 떠오른다. 10여 년의 내전으로 고통 받고 가난에 굶주리던 아이들에게 기쁨과 사랑을 심어주던 씨앗은 망고와 수수죽으로 끼니를 때우던 아이들에게 희망의 불씨가 되었다.

〈울지마 톤즈〉

절망의 땅 톤즈를 위해 삶의 변화를 꿈꾸었던 이태석 신부는 맨발의 천진한 눈망울을 지닌 아이들에게 꿈의 내일을 준비했다. 아프리카 남 수단 최초의 브라스 밴드를 결성한 것이다. 색소폰, 트럼펫, 클라리넷, 플루트 등의 악기를 구입하고 가르쳤다. 아이들에게 음악은 희망과 꿈을 키우는 최고의 선물이었다. 〈아리랑〉과 〈사랑해〉를 가르치고, 대한민국 애국가를 가르치던 신부는 지금 우리 곁에 없지만 참 사랑의 아름다움을 전 세계인에게 실천하고 세상을 떠났다. 그는 햇빛을 주고 물을 주면 씨앗에서 싹이 나는 것처럼 재능이 있는 아이들이 쑥쑥 자라고 있는 모습을 발견했다고 한다. 16세의 브릿지, 18세의 아순타 등 이태석 신부가 톤즈에 심은 사랑의 씨앗은 튼실한 꽃나무로 피어날 것이다.

봄날은 온갖 생명이 대지의 깊은 침묵에서 눈을 뜨는 신비의 계절이다. 움츠렸던 가슴을 펴고 어둠에서 광명을, 슬픔에서 기쁨을, 절망에서 희망의 문을 여는 거룩한 시간이다. 사방 어디서나 꽃들이 벙글고 천지에 꽃향기로 가득하다. 겨우내 숨죽였던 여린 씨앗들이 동토에 묻혀 전신에 스며들던 한기를 이겨내고 생명의 고귀한 힘을 일으켜 세운 성과이다. 아름다운 꽃은 아름다운 만큼 튼실한 열매를 매달고 생명의 씨앗으로 약속되었던 사명을 수행하려 할 것이다. 지난 시간의 그 가을처럼, 그 겨울처럼, 봄날의 환희를 노래하고 있다.

달빛

2015년 성탄의 밤하늘은 38년 만에 마주한 슈퍼 보름달 빛의 훈광으로 대낮처럼 밝다. 칠흑의 하늘 가운데에 박힌 둥근 보름달이 어둠의 깊이로 가득한 동네 한가운데를 환히 밝히고 있다. 밤의 시간으로 에워싼 어둠의 휘장을 지우기 위해 달빛은 앙상한 나뭇가지 사이로 고요히 스미어 날개를 접는다. 경사진 골목길 지붕에서 담을 타고 내려와 대문을 밝히고 고개 숙인 가로등 불빛과도 수인사를 나누는 모양이다. 한낮의 주인이 머물던 햇빛의 흔적을 찾아 사분사분한 걸음으로 골목길의 온갖 사물들에 눈을 맞추는 달빛, 오염되지 않은 원형질의 샘물 같은 달빛은 깊은 어둠의 그늘에 머물러도 빛이 된다.

한낮의 햇빛이나 한밤의 달빛을 품에 안고 있는 하늘은 수억만 년을 이어

해와 달의 문을 열고 빛을 퍼 나르고 있다. 수많은 사람들의 꿈과 희망으로 가득한 하늘, 무한한 높이와 무궁한 깊이를 대기 밖으로 내장하고 있는 하늘은 빛을 제조하는 장인 같아서 신비의 대상이다. 더구나 한 덩이 보름달이 눈부신 빛을 물고 강물에 내려와 유유자적 물 흐름을 따를 때면 달려가 품에 안고 싶은 묵객들이 한둘이겠는지. 밤의 유리창에 비친 달빛을 침상에 누워 바라보는 날이면 가슴속 그리움 하나 살아나 천연의 녹슬지 않는 쓸쓸함 다독이는 명약이다.

달빛은 하늘의 심장이다. 하늘의 생각과 말이 수많은 실핏줄과 동맥을 타고 흘러 뜨거운 숨을 자아내는 생명의 꽃이다. 두근거리는 하늘의 맥박이 빛살로 내리는 밤이면 어둠은 스스로 자취를 감추고 사위는 환한 은하의 물결로 호흡하게 된다. 하루 내 굶주린 고단을 끌며 동네 뒷골목을 헤매다 낯선 집 처마 밑에 신문지 이불을 덮고 누워있는 사내의 맨발이 청량음료처럼 달빛을 마시고 있다. 한 자락의 生이 무기력의 중병을 앓고 있는 중이다. 무엇을 질문하고 어떤 답을 들으려 하지 않는다. 삶이 무엇이라고 굳이 말하지 않아도 되는 안식을 준비하는 것인지도 모른다.

한 줌의 달빛이 앙상한 가로수 우듬지에 내려 삭풍에 얼어붙은 가지를 다독이고 있다. 빨갛게 언 맨손을 호호 입김으로 불어 녹여주시던 어머니처럼 달빛은 마른 나뭇가지에 생명의 숨을 틔우고 있다. 파릇이 눈뜨는 생명의 피돌기, 나무는 벌써 봄날의 햇살 속에 있다. 싹을 틔우고 꽃을 피우는 튼실한 열매를 준비하는 모양이다. 나무의 물관을 타고 꿍꿍거리며 겨울에서 봄으로 잇는 계절의 풍금소리가 들리는 듯하다. 가로수 밑 보도블록 벌어진 틈 사이로 생명을 뿌리내린 겨울 냉이 한 포기가 거무스레한 잎으로 얼어붙은 채 가쁜 숨으로 영하의 한파를 견디고 있다. 그 향기로운 냉이의 속잎 사이로 파릇한 새잎이 달빛 아래 솟아있다.

담 사이를 두고 감나무 한 그루가 이쪽과 저쪽 집으로 가지를 뻗어 나무 가득 붉은 등불을 밝히더니 나무 아래쪽에는 소등을 하고 높은 가지 위쪽으로 24개의 희미하게 꺼져가는 등불을 달고 있다. 영하 10도에 가까운 한파가 며칠 이어지더니 까치밥으로 남긴 등불이 거뭇하게 끄름을 먹은 듯 형태마저 일그러졌다. 달빛에 비친 거무스름 얼어버린 감들이 바람이 부는 날이면 아슬아슬 땅바닥에 추락하고 만다. 시멘트 바닥 위에 산산조각으로 분해된 감나무의 분신이 교교한 달빛 아래 측은하게 누워있다. 빛을 잃은 등불의 영혼이 달빛으로 일어서고 있다.

빛은 소진되어가는 생명의 등불을 밝히는 구원의 손길이다. 마른 나뭇가지에 앉은 햇살 위에 새 움이 돋듯, 쌓인 눈 속을 뚫고 꽃 피워낸 복수초 위의 햇살같이, 빛은 구도자의 훈훈한 손길이다. 삶의 진리를 깨달아 절망에서 희망으로 걷는 길 기름진 옥토를 경작하는 땀방울이다. 어둠에서 광명으로 눈을 뜨는 빛은 평화로운 오솔길 들꽃들의 향기이다. 쓰러져 누운 나무를 일으켜 세우는 지지대이며, 치유할 수 없던 텅 빈 가슴에 닿는 한 줄기 따뜻한 바람이다. 숨 고를 수 없을 만큼 가슴 두근거리게 하는 그대의 눈빛이다. 환한 보름달이 중천에 떠 어둠을 지우고 있다.

마른 양파 곁에서

망에 싸인 양파 하나를 꺼내어 방으로 들어갔다. 감기를 예방할 수 있다는 인터넷 정보에 솔깃하여 안방 장식대 한 구석에 큰 기대 없이 올려놓았다. 받침도 없이 던져 놓듯 놓아진 양파 한 개를 며칠이 지나도록 잊고 있었다. 무심히 지난 두 주일 뒤의 어느 날 경이로운 사실 앞에 주춤 시선을 모았다. 누런 겉잎으로 싸인 양파의 속살 중심을 비집고 파릇한 생명의 힘이 활화산처럼 불끈거리는 게 아닌가. 싱싱한 생명의 숨결이 무서운 힘으로 솟구쳐 올라오는 듯했다. 신생아의 첫 울음 같은 우렁찬 숨결이 들리는 듯하고, 백일이 지난 아기의 맑은 눈빛이 푸른 잎새에 빛나고 있었다. 새 생명의 경이로운 몸짓이 아름다웠다.

양파는 자신의 몸에서 빠져나가는 만료된 생명의 숨결을 인지했던 것이

분명하다. 마른 사막의 늪에 빠져 실신하듯 조여 온 목마름의 현실을 감지하고 혼신으로 종족번식의 본능을 다하고 있었던 것이다. 둥근 양파의 단단한 몸체는 제 몸을 내어 새끼거미들의 먹이로 키워내는 어미 에어리 염낭거미처럼 텅 빈 껍질만 남겨 놓았다. 한 알의 밀알이 썩어 싹을 틔우듯 앙상한 몸으로 돋아낸 양파의 파릇한 새순은 하얀 뿌리를 돋아내고 심호흡을 하며 창문으로 스며드는 빛을 향해 목을 길게 내어 놓고 있었다. 어미의 헌신이 비단 동물에 국한한 것은 아니라는 생각을 했다. 하얗게 돋아난 새 생명의 뿌리를 작은 유리병에 옮겨 넣는데 둥근 어미의 몸은 이미 간데없이 사라지고 보이지 않았다. 새 생명에 바치는 온전한 헌신이다.

경기도 D대학의 건물 좁은 난간에 갇혀 사흘 동안 안절부절 조바심하고 있는 고양이를 일요일 아침 TV로 시청하게 되었다. 구조대가 힘겹게 던져준 음식물로 주린 배를 채우더니 고양이는 갑자기 천 길 낭떠러지 같은 10여 층의 건물 위에서 다이빙하듯 뛰어 내렸다. 이 아슬아슬한 광경에 비명을 지르고 말았다. 위험천만한 일이었지만 주춤거리던 고양이는 다행스럽게 아래층 어렴풋 열린 창문의 난간을 향해 몸을 날리고 겨우 건물 안으로 피신하여 숨어있었다. 새 생명을 임신한 고양이는 누구에게도 침범되지 않는 안전한 분만장소를 찾아 헤매다 길을 잃고 허둥거리던 중이었다. 위험한 난간에 갇혀 사흘이 지나도록 굶주렸던 어미고양이의 자궁 속에는 쿵 쿵 쿵 쿵 네 마리의 새 생명이 꿈틀거리는 게 보였다. 새끼를 지키기 위한 모성의 고난이 예사롭지 않아 가슴 훈훈했던 순간이었다.

이제 막 태어난 영아의 입을 막아 숨지게 한 여인이 자식의 사체를 박스에 넣어 고향 집 어머니에게 택배로 부친 일그러진 모성에 경악한지 한 달이 조금 넘은 듯하다. '무책임한 사랑의 결과'로 언더라인을 그어 놓게 되는 이 무자비한 모성에 채찍을 가해도 그 죗값을 다할 수 있을까라는 질문을 던지게 된다. 그 순연한 천사의 조막만 한 손과 발을 어떻게 외면할 수 있었을지-. 하루가 무섭게 일어나고 있는 사람 사회의 모순을 접할 때마다 사람의 향기는 그 어떤 피조물보다 향기를 멀리 피워낸다는 말을 믿어도 될지 의문이 깊어졌다. 물고기도 새끼를 키우기 위해 천적을 막고, 알을 품은 어미 새도 새끼를 보호하기 위해 침입자를 향해 제 몸을 던진다. 모성은 어떤 희생도 감수하여 자신을 내어주는 천형과도 같은 고귀한 사랑의 주인인 까닭이다.

어미 개가 출산을 앞두고 있었다. 하룻밤을 꼬박 신음하다가 이튿날이 되어 한 마리 한 마리 시간의 간격을 두고 새끼를 분만할 때는 안쓰럽기 그지없었다. 분만의 고통은 천지개벽의 변혁에 비유하기도 한다. 얼마나 견디기 어려운 산통인지를 감지하게 하는 대목이다. 온몸의 힘을 모아 지르는 출산의 비명을 듣게 되면 생살 찢기는 아픔이 가슴으로 스며든다. 하루 한나절 이어진 산고의 결과 보석과도 같은 다섯 마리의 자견을 얻게 되었지만 어미는 기력이 쇄진되어진 몸으로 저만치 밀려난 새끼를 품에 끌어다 젖을 물리고 있었다. 자신의 죽음을 알고 있었는지 보채는 분신들을 품속으로 더욱 깊이 끌어안았다. 분만의 상처가 깊어 이른 아침 다섯 마리의 새끼들을 품속 깊이 끌어안고 숨을 내려놓은 어미를 바라보는데 눈물을 흘리고 말았다.

생명을 지닌 존재들의 궁극적인 생존의 의미는 종족번식에 있다. 어떤 생물이든 짝을 찾아 분신을 남기는 일에 生의 가치를 우선으로 한다. 원초적 음양의 교합이 쾌락이라는 과정을 보여주지만 이는 성스러운 신의 음모가 아닐까 싶다. 철저한 신의 계산으로 부여된 잉태의 과정은 피할 수 있는 것이 아니다. 그로 하여 지구촌의 모든 생명들은 어떤 역경 속에서도 생존의 기쁨과 행복을 느낄 수 있는 것이다. 자식의 기쁨 앞에서 세상을 다 얻은 것같은 행복을 지닐 수 있고, 자식의 불행 앞에서 누구보다 깊은 슬픔의 늪에 빠져들게 된다. 어미는 생존의 첫 걸음부터 온몸의 진액을 뽑아 새끼의 생명을 지켜야 하는 숙명의 사슬에 매어 있었다. 이 거룩한 대물림의 숭고한 희생이 세상을 만들고, 산천초목을 풍성하게 하는 게 아닌가. 마른 양파의 온전한 희생을 바라본다.

황금들녘

한 무더기의 바람이 들녘을 흔들고 있다. 저녁놀에 물든 황금빛 파도가 일제히 고개 숙인 성자다. 익는다는 것, 온갖 과실이 제 몸의 빛깔로 익어가는 일은 생존의 존엄한 가치를 터득하는 일이다. 바람 불고 천둥 번개 치는 계절의 질곡을 체험하고서야 비로소 얻게 되는 결실, 황금들녘은 지금 생명의 씨앗을 품은 오곡백과 만연한 만찬의 향연 속에 있다. 이 장엄한 현실을 가슴에 품고 내 발걸음은 지금 어디로 향하고 있는지-. 발걸음이 그 어느 날보다 풍성하다. 손에 쥐고 있는 것은 티끌 하나도 보이지 않는데 그럼에도 나는 세상에 없는 안위를 가슴으로 만끽한다. 황금들녘이 전하는 경건한 의식에 동참하고 있다.

결실의 충만에 대하여 생각한다면, 생의 단 한번 눈부시게 맛보는 거룩한 수확의 기쁨이다. 가을볕에 고개를 숙인 성숙한 볍씨가 헤일 수 없는 생명의 인자들로 배태되어 한 방울의 피와 살을 잇고 새로운 세상의 주인으로 탄생한다는 사실이다. 볏과에 속하는 한해살이 풀로 태어나 무논에 뿌리를 내리고 머리에서 발끝까지 가득한 생존의 이유를 짓는 까닭은 어미와 어미로 종을 잇는 가치추구의 사명 때문이다. 지구촌 생명을 지닌 그 어떤 어미도 애초부터 무한의 생을 약속하여 생명을 이어오지는 않았다. 힘찬 울음으로 태어나고 가파른 생의 고단으로 유한의 생명을 감내하지만 종래에 저 황금벌판의 풍요는 한 해가 저물고 다시 한 해의 새 주인을 맞는 생명의 질서라는 것이다.

4층 옥상으로 오르는 추녀 끝에 작은 집을 지은 거미 한 마리를 보았다. 그의 집 허물기가 왠지 매정하다 싶어 용납하고 가끔씩 관망하던 차에 놀라운 현상을 발견할 수 있었다. 오막살이 집 한 채가 세를 넓혀 좌우로 2m쯤 확장된 그물망이 주변의 영토를 점령하고 있었다. 하늘을 끌어안은 제법 큼직한 허공의 터를 확장한 그물망을 관찰하는데 맥없이 날던 크고 작은 곤충들의 앙상한 사체들이 보였다. 그리고 몇 마리 생명을 내려놓은 거미가 거미줄에 걸려 있었다. 거미집에는 주인인 듯한 튼실한 두 마리가 아래위로 근접해 있고 새끼 거미 한 마리가 제법 이들 두 마리와는 떨어진 귀퉁이에서 느린 미동을 보이고 있는 것이다. 침입자를 인식한 것인지 재빠르게 줄을 타고 달아나는 두 마리 거미 중에서 애초에 목격한 한 마리 거미의 행방을 찾아보았다.

지난여름부터 허용한 몇 개월 동안 거미네 집에도 세대교체가 일어난 것은 아닐까 생각했다. 거미줄에 걸린 몇 마리 거미사체가 전해주는 의미는 무엇이며 두 마리의 성숙한 거미와 새끼 한 마리의 관계는 어떤 동거일지 거미군단의 생태에 대하여 검색해 보지만 충족한 답을 찾지 못했다. 남의 집에 침입하여 살생을 하고 주인행세를 하는 무법자는 아닐까 생각하다가 고개를 저었다. 거미들의 세상에도 본능적인 생존의 질서가 있어 아름다운 미담을 전해주는 까닭이다. 에어리 염낭거미는 알을 품고 있다가 깨어난 새끼들에게 자신의 몸을 먹이로 내어주는 희생적 모성을 보여주는 거미이다. 종을 잇기 위한 어미의 순정한 희생인 것이다.

어느 시인은 '꽃은 피는 것이 아니라 죽는 것.'이라고 했다. '꽃은 죽음이다.' 라는 것이다. 열매를 얻기 위한, 씨앗을 맺기 위한, 장렬한 죽음의 몸짓이라고 한다. 만개한 꽃잎에 스민 시든 종말의 그림자는 돌이킬 수 없는 최후의 심판이다. 꽃의 죽음은 씨앗이며 씨앗은 새로운 세상을 여는 미래이다. 어미의 대를 잇는 종種의 순명이다. 단단하게 여문 저 열매들의 가슴 깊은 심중에 한 점 검은 생명의 뿌리가 숨죽이며 봄을 기다리고 있다. 극도의 화려한 색감으로 피어 찬란한 가을볕에 몸을 달구더니 꽃의 사리로 땅에 떨어지는 씨앗들이 도처에 누워있다. 가을은 꽃의 장례행렬들로 여기저기 분주하다. 낙화로 떨어지는 어미들의 가없는 순장이 내일을 여는 지름길이다.

무엇으로 표현할 수 없는 기쁨을 말하라 한다면 오늘 현재 나는 생명으로 살아 있다는 일이다. 아련한 불빛에 스미어 눈을 감고 시각에서 촉각까지 내게 닿는 삶의 이유는 생명으로 존재한다는 사실이다. 또한 내일을 설계하여 신세계를 펼쳐낼 새 생명의 어미라는 자긍심이다. 황금벌판을 물들이는 수많은 열매들, 씨앗들의 웅크린 생명의 힘은 새봄을 일으켜 세울 파릇한 새싹이며 용솟음치는 희망이다. 가을은 때문에 성스럽고 어떤 가치를 뛰어넘는 거룩한 시간이며 공간이다. 완숙의 경지에 도달하는 세상 모든 씨앗들의 경이로운 침묵을 위해 기도드린다.

자연희 수필선집

생각의 밖에서

02

눈물

뒤돌아보면 지난 시간은 늘 그 자리에서 무지개빛 내
일을 꿈꾸는 갈망 속에 존재하곤 했다. 하지만 채워지
지 않는 갈망의 그 추억만으로도 지나간 시간의 흔적
은 아름답다.

　　　　　－「지나간 시간의 흔적은 아름답다」 중에서

조영照影

할리우드의 천재 사진작가 허브 릿츠의 사진전을 감상했다. 대부분 영화배우나 정치인 가수 등 그가 탐구한 대상들의 인물사진이 실물처럼 투영되어 마치 사람이 액자 밖으로 뛰어 나올 것만 같은 사진예술의 감각적 표현에 경탄하고 말았다. 그만큼 사실적으로 그려진 사진은 인물들의 깊은 주름살과 선명한 눈동자의 시선이 관조하는 이의 생각 속으로 스며들 듯 살아 움직이고 있었다. '나를 바라보고 있잖아' 불현듯 그의 눈동자를 잡고 무언의 대화를 나누다가 사진 속 인물의 의식 속으로 빠져드는 미묘한 감정에 사로 잡혔다. 무엇보다 사람의 눈동자는 내면의 거울이라고 한다. 온 몸의 깊이로 내장하고 있는 생각을 조영照影해 내는 그림자의 실체實體가 숨을 쉬는 듯 살아서 꿈틀거렸다.

사진관에 가면 다양한 모습을 한 사람들의 사진이 실내의 벽면을 장식하고 있는데 사진 속 인물들은 저마다 독특한 눈빛으로 마주치는 대상을 향해 무슨 말인 듯 하고 싶은 자세이다. '당신도 사진 찍으러 오셨나요? 어디에 쓰시게요. 하루라도 일찍 와서 찍을 걸 그랬어요. 제 눈가에 주름 좀 보세요.' 나는 빙그레 웃으며 내 나이보다 젊어 보이는 그녀의 눈동자를 향해 '제가 꼭 하고 싶은 얘기를 하셨군요. 요즘은 사진 찍기가 겁이 나요. 하루가 다르게 늘어나는 건 주름이니까요. 사진은 거짓말을 하지 않아요. 원판 불변의 법칙을 지키는 가장 양심적인 존재지요.' 그녀와 잠시 나누었던 대화를 접고 촬영 준비를 맞춘 주인의 카메라 앞에 앉아 몸가짐을 바로 했다.

원판 불편의 법칙이라고 하는, 있는 그대로를 비추어 찍어낸 사진 속 인물과 마주 서 대화를 나누었던 나는 존재를 비운 실체의 그림자와 말을 나눈 셈이다. 사진은 '비치는 그림자'인 까닭이다. 실체의 가면을 쓴 '그림자'의 사진은 '가면을 쓴 인격체'임에 분명했다. 그냥 벽 속에 갇힌 그림자로 존재할 뿐이다. 제아무리 실물처럼 투영되어 마치 사람이 액자 밖으로 뛰어 나올 것만 같은 사진예술의 감각적 표현에 경탄하였다 하더라도 무의식의 열등한 인격으로 위장하고 있을 뿐인 것이다. 칼 구스타프 융Carl Gustav Jung은 사람의 마음은 의식과 무의식으로 이루어지며 여기서 가면을 쓴 그림자와 같은 페르소나는 무의식의 열등한 인격이며 자아의 어두운 면이라고 말했다.

위장술에 유능한 곤충의 세계를 들여다보면 생존의 먹이 사냥을 위해 자신의 몸을 위장하는 곤충이 적지 않다는 사실을 발견하게 된다. 어느 것이 실체이며, 어느 것이 허상虛像인지 구분하기 어렵게 바라보는 눈을 속이는 일이다. 빨간색 바탕에 검은 등껍질을 지닌 무당벌레로 위장하기 위해 자신의 몸에 무당벌레의 색깔을 입히는 '무당벌레 위장 거미'는 다리가 8개인 엄연한 거미라고 한다. 먹이를 유인하기 위해 다른 곤충을 흉내 내고 있다는 것이다. 천적으로부터 자신을 보호하기 위한 방법과 먹이 사냥을 위한 특단의 방법이겠지만 가면을 쓰지 않으면 안 되는 곤충들의 어두운 일면에 측은지심이 인다.

M지상파 방송에서 매주 방영하는 음악 프로그램이 인기리에 방영되고 있다. 기상천외한 가면을 쓰고 노래를 부르는 가수들의 가면 속에 감추어진 얼굴을 상상하게 하는 흥미로운 프로이다. 가면을 쓰고 정체를 드러내지 않은 채 무대에서 노래실력을 뽐내는 이 프로는 실체를 감추고 허상虛像으로 포장한 내가 순수한 본연의 음악적 깊이를 새롭게 발휘하는 사례이다. 내가 나를 의식하거나 외부로부터 주어지는 편견에서 벗어나 자유로운 내 안의 온전한 나를 평가받을 수 있는 기회이어서 오랜만에 무대에 출연하는 가수들은 새로운 전기를 마련하는 기회가 된다고 한다. 식물의 줄기로 위장한 자벌레, 나뭇잎처럼 위장한 나방, 고약한 냄새로 자신을 보호하는 노린재, 이들의 처신이 가파른 삶의 지평을 넓이는 계기가 되기를 기원한다,

사건 사고로 이어지는 크고 작은 범죄의 용의자를 연행하는 과정을 보면 얼굴 전체를 마스크로 가리고 모자로 안면을 깊게 내려 정작 궁금증의 면모는 드러내지 않는다. 얼굴은 그 사람의 인격이며 자존의 근원이다. 이를 지

키고 싶거나 지켜주고 싶은 의지의 처신이 아닌가 싶다. 하지만 가면을 쓰지 않아도 마스크로 얼굴을 가리지 않아도 소리 없이 죄를 짓고, 버젓이 대로변을 활보하는 사람들이 있을 수 있다. 실체에서 분리된 가면 속 허상의 난무로 소중한 인성의 가치가 추락하는 메마른 사회가 안고 있는 병폐이다. 다만 할리우드의 천재사진작가 허브 릿츠의 인물사진은 실체에서 비치어 낸 그림자의 예술적 가치가 그 품격을 잴 수 없을 만큼 평가되어 아름답다.

촛불

　　어느 때보다 촛불 행렬을 많이 보았다. TV화면을 열면 밤낮으로 전해주는 광화문 광장의 지난밤 소식이 뉴스의 중심이었다. 대통령 탄핵의 외침으로 불 밝힌 군중의 물결은 하늘의 별을 모두 따 지상에 뿌려 놓은 듯 반짝였다. 분명한 것은 대통령의 실추한 통치능력에 대한 질타이었으며 이로 인하여 어느 날 갑자기 대한민국 모든 국민은 어이가 없어 나라의 명운을 걱정하지 않을 수 없었다. 며칠 몇 날을 실의에 빠져 어미 잃은 아이처럼 상처 난 주권을 어루만지며 촛불을 밝히기 시작했다. 어른 아이 할 것 없이 가족을 대동하고, 연인과 함께 친구와 함께 촛불은 기하급수로 번져 나갔다.

　　믿었던 사람에 대한 배신이랄까, 믿기지 않는 현실이라며 많이도 아파했던 시간들이 석 달에 가깝다. 하지만 온 나라가 갈 길을 잃고 들썩이고 있는데 어느새 정치권은 당리당략으로 제 이익에 눈이 멀어 대권 다툼에 혈안이 되었다. 촛불은 민심의 순정한 애국적 헌신으로 불꽃을 돋아 올리며 근심하고 있는데 정치권은 조금씩 본색을 보이기 시작했다. "탄핵! 탄핵!"이라고 쓴 피켓은 대통령의 명료한 국정농단 비리를 밝혀내기보다 여성 대통령에 대한 사생활 폭로에 집중되어 전 세계적 이목을 집중시켰다. 아직 끝나지 않은 사실과 의혹 앞에서 촛불은 광화문 네거리 겨울 한파에 흔들리고 있다.

촛불을 밝힌다는 것은 마음속 간절한 기원을 비는 일이다. 예나 지금이나 어머니는 대학입학을 앞둔 자식의 합격을 빌었으며, 깊은 병고에 누운 남편의 쾌차를 위해 밤마다 촛불을 밝혔다. 장독대에 정화수 떠놓고 촛불 밝혀 빌던 할머니의 기도는 영험한 효력을 보아 집안의 액운을 막을 수 있었다고 한다. 신실한 마음의 기도를 촛불에 담아 봉헌하는 사람들의 기원은 때묻지 않은 순연한 절대성을 지녀야 한다는 말을 들었다. 불손한 목적을 지니거나 보편타당치 않은 욕심을 앞세우거나 할 때 촛불기원은 믿음이 될 수 없다는 것이다.

기도로 간청할 일이 있어 어느 때보다 촛불을 켜고 몇 달을 끊임없이 기원했다. 절대자이신 그분의 십자고상 앞에서 불을 밝히고 두 손을 모았으며, 때마침 소장품 전시회를 개최하게 되어 전시실 진열장 가득 여러 형태의 초를 모아 전시 중이었다. 그중 하나의 촛대에 불을 밝혀 기도의 지향으로 삼았다. '주님! 저의 기도를 들어 주십시오.'를 입에 달고 산 셈이다. 그러나 내기도는 이루어지지 않았다. 커지지 않는 건전지 촛불처럼 몇 달에 이어진 기원은 물거품이 되고 말았다. 순간 실의에 젖기에 앞서 그분의 큰 뜻을 헤아리게 되었다. 그분의 음성이 들리는 듯했다. 기도의 지향은 목적을 이루는 것이 아니고 가장 진정한 일, 가장 진정한 마음의 문을 열어 보다 아름다운 무엇으로 이끄는 일이라는 사실을 깨닫는 계기였다.

인간은 발밑의 작은 미물처럼 나약하기 짝이 없다. 때문에 우리는 촛불을 밝히고 기도를 드리고 있다. 남을 속이고 거짓된 일로 현혹하여 무엇을 이루려는 계략은 제아무리 촛불을 밝혀 기도한다 하더라도 뜻을 이루기 어렵다. 진정한 기원은 하늘이 감복하여 뜻을 이루는 가치 있는 결과물이다. 진실은 항아리 속 간장이 우러나듯이 밝혀지는 일이어서 다소의 시간이 필요한 모양일까. 저 소란스런 울렁임으로 시작된 '대통령 국정농단과 탄핵'이라는 엄청난 난제의 후유증이 새로운 나라의 미래를 여는 단초이었으면 기대하고 있다. 오늘도 살을 찢는 한파를 무릅쓰고 거리에 나선 애국시민들의 함성이 하늘 높이 울려 퍼지고 있다.

눈물

한 방울의 눈물은 수만 말의 소리가 응축되어 전하는 견고한 침묵, 소리 없는 육신의 말이다. 어떤 수식어로도 따를 수 없는 맑고 투명한 슬픔으로 응축된 한마디의 고결한 언어이다. 이과수폭포의 장엄한 울음이 소리를 배설하여 마침내 직조한 실크 한 방울, 미소를 띠운 입술 위로 흐르는 순결한 사랑이다. 댓잎 끝에 떨어지는 비장한 슬픔의 한 모금 이슬이다. 눈물샘을 타고 흐르는 마음 한 조각이 볼 위로 떨어져 내리고 있다. 미소를 지으며 떨어뜨리는 가슴 무너져 내리는 슬픔을 바라본다.

가난을 흐르는 시냇물 소리로 곁에 두신 세상의 아버지는 평생 가장이라는 크기에 눌려 크게 눈물 한 번 터뜨리지 못하고 장례식장의 영정사진 속에서 처연히 미소를 짓고 있다. 고단한 일상을 삭일 수 있도록 품속에 수많은 생명의 식솔을 천형으로 안고 있던 아버지는 솟구쳐 오르는 슬픔을 두 손으로 막으며 언제나 가장 당당하고 언제나 가장 믿음직스럽게 의로운 자리에 서 계셨다. 평생 쓴소리할 줄 모르는 아내에게 조기퇴직 당하고도 입을 닫고, 큰소리치며 도심의 거리를 방황하던 시대의 낙오자였던 사람이다. 패이고 웅덩진 웅덩이에 고인 눈물을 가슴으로 흘려보내며 성근 절망을 포장하던 아버지는 눈물을 가난한 살림처럼 아끼셨다.

하루 종일 우렁찬 소리로 명치끝까지 맺힌 한을 풀어내는 저 강물의 눈물을 무엇으로 다 씻을 수 있을까. 그토록 쏟아내고도 풀리지 않는 한풀이는 뚫리지 않는 옹벽이다. 울컥 울컥 굽이쳐 토악질하는 비릿한 가슴앓이는 유장한 길의 끝에서야 벗어날 수 있을 터. 바닥이 다 들어나도록 깊은 응어리를 퍼낼 수 없어 스스로 앙상한 가뭄이 되어버린 강물-. 어머니는 눈물을 가슴으로 쏟아내리셨다. 어린 두 딸을 이승에 홀로 두고 눈을 감지 못하던 어머니의 눈물은 저승에 가시도록 멈추지 못했다.

장엄한 높이로 우뚝 솟아있는 북한산이 평생을 눈물에 젖어 사는 까닭은 무엇일까. 묵은 나뭇잎으로 얼굴을 감추고 가슴속 침묵의 아픔을 묵묵히 계곡의 깊이로 흘려보내는 까닭은 잴 수 없는 무게의 슬픔 때문이다. 가슴 무너져 내리는 아픔이 견고하게 응축되어 한 방울로 재련된 별빛이 아닌가. 볼을 타고 흐르는 별빛, 눈물이 계곡의 깊이로 흐르다가 마을 앞 시냇물로 흐르고 있다. 조약돌을 가슴에 품고 살갗 위로 내려앉는 햇살을 받아 헤일 수 없는 별빛으로 반짝이는 눈물은 제 속성을 지우지 못해 저 깊은 강물의 깊이를 향해 흐르고 있다.

　가슴의 깊이로 흐르는 저 눈물은 수만 소리를 응축하여 제련한 한 모금의 사랑이다. 아픔을 절제하여 소리 없이 흐르는 한 방울의 침묵 속에서 가난한 우리의 아버지와 슬픔으로 평생을 지켜온 우리의 어머니가 흐르고 있다.

생각의 밖에서

아련한 안개처럼 피어오르는 생각들을 백지 위에 앉히고 있다. 언어라는 도구 위에 얹히어진 생각들이 제각기 총총한 의미를 달고 전열前列을 갖추고 있다. 가지런한 문장의 대열이 시작된다. 이는 내 생각의 밖에서 내 안의 세계를 확인하는 일이기도 하지만 누군가 만나게 될 독자들을 향한 진중한 대면을 위한 준비이다. '무엇 때문에?' 라고 묻는다면 처음엔 나도 모르게 스며들다가 절실한 바람의 길을 따라나섰던 까닭이라는 말이 옳을 듯싶다.

말을 많이 하지 않던 시절부터 시작된 글쓰기의 습관이 글을 쓰지 않고는 하루도 벗어날 수 없는 일상의 일과로 대부분을 차지하며 살아가고 있는 게 현재의 내 삶이다. 글을 쓰는 일은 내가 나에게 손을 내어 아픈 마음을 위로

하고 다독이며 추스르는 소통의 작업이다. 가슴 가득 차오르는 불가근불가원 不可近不可遠의 통증까지 화안하게 치유되는, 어떤 불협화음도 다 의미 없음으로 깨닫는 무념無念의 피안으로 가 닿는 평안을 맛보게 한다.

가슴 가득 베어진 상처로 견디기 어려워 입을 닫고 있다가도 혼자 방문을 닫고 미루어 놓은 숙제를 완성하다 보면 마음은 청량한 하늘처럼 맑아진다. 언제 그 치닫던 파고와 부딪쳤을까 싶게 평온해지고 아무런 상념이 없어지는 것이다. 내게 글은 마음을 닦는 기도이고, 아픈 상처를 깁는 치유제이다. 꿈과 희망을 세우게 하는 기쁨이며 행복이다. 한 편의 수필이 한 편의 시가 나를 살아 있게 한다.

내 시는 빛과 어둠에 대한 끈질긴 소통의 거리를 꿈꾸고 있었다. 어둠에서 광명의 빛으로 일어선 헬렌 켈러처럼 눈을 감고도 다가설 수 있는 '어둠 속의 빛'을 손끝으로 감각해 내고 싶은 수심水深 깊은 욕심이다. 한 줄기 광명한 빛이 칠흑의 어둠 속에서 비쳐질 때 이처럼 절실한 기쁨과 감사가 있을 수 있을까 싶어서다. 어둠 가득한 절망과 아득한 절벽에서 만나는 빛은 생명이며 부활이다. 빛은 가장 낮은 바닥에 부딪치면 굴절을 이루며 서서히 솟아오르고 있다는 걸 알았다.

멋대로 헝클어진 머릿결로 전신에 검은 노숙의 때를 바른 사내가 비틀거리며 동네 공원 한쪽을 걸어가다가 싸늘하게 젖은 나무 벤치에 몸을 누이는데 철 이른 낙엽 한 장의 가벼움으로 옷깃을 여미고 있었다. 생명으로 산다는 건 때로는 온전히 자신을 버리고 싶을 만큼 무력해 질 때가 있다는 현실이다.

하지만 허리 숙인 들풀이 한 모금의 빗방울로 고개를 치켜세우고 하늘을 우러러 꽃을 피울 수 있다는 사실을 들려주고 싶었다. 다만 풀은 스스로 자신의 굽은 허리를 펼치려는 의지 없이는 일어설 수가 없다. 「겨울 앞에서」, 「북극곰 한 마리」 같은 시는 우리 사회가 안고 있는 아픈 단면이다.

내 시는 여전히 풋내가 난다. 어디 내어 놓기 부끄러워 늘 숨겨 놓기를 잘한다. 작고하신 조병화 선생님은 명성만큼 많은 시집과 산문집을 출간하신 분으로 알려져 있다. 어느 날 말씀하시기를 '제아무리 열심히 쓴다하지만 세상에 남을 작품이 몇 점이나 되겠는가' 염려 하셨다. 여러 편의 작품 가운데 세상에 남을 시는 단 몇 편에 지나지 않으니 열심히 써야 한다는 말씀이다. 자그마한 눈길도 얻지 못하는 내 시는 한 점도 세상 속에 뿌리를 내리지 못하는 미완의 미숙아들이다.

수필을 쓰고 시를 써 온 지 35년에 가깝지만 여전한 미완의 작업에서 땀을 흘리고 있는 것만은 분명하다. 펜을 쥐고 있을 순간의 남은 어느 날도 아쉬움 속에서 최상의 완성을 꿈꾸겠지만 생을 내려놓는 그날까지 내 문학은 어느 만큼의 이상향에 도달하게 될 지는 나 스스로도 가늠하기 어려운 일이다. 무엇을 쓰고 무엇을 말하려는 지 내 영혼의 지향점에 의문을 던지지만 내 시가 걷는 걸음의 빛깔을 들여다볼 때가 있다. 보랏빛 실루엣이다.

가을언어

       지구촌에 터를 잡고 있는 생명의 입자들은 매 순간 눈을 뜨고 매 순간 소멸된다. 생명이라는 이름으로 한 아이가 태어나고 한 사람이 세상을 떠나는 이별을 매 순간의 분초에 다투어 맞이하게 되는 순환고리이다. 플라타너스도 가을에는 잎을 버리고, 은행나무도 잎을 버린다. 4월이면 그 눈부신 꽃송이를 피워 올리고 잎을 돋아내던 벚꽃나무도 앙상하게 잎을 버리고 있다. 오늘 저녁 검은 비닐 속에 싸여 있던 한 알의 어미감자가 몸 밖으로 생명의 씨눈들을 촘촘히 돋아 올리고 물끄러미 사람의 눈을 지켜보고 있는 모양을 발견했다. 생명의 경이이며 놀라움이었다. 살갗의 이곳저곳에 뾰죽이 솟아난 무리들을 손끝으로 건드리자 꽃봉오리처럼 떨어졌다. 탱탱하게 살아 있는 생명의 힘을 버릴 수 없어 얇은 접시 위에 물을 담아 올려놓았다.

조락의 의미로 이 가을이 펼쳐내는 수많은 언어들을 하나하나 귀를 열어 듣고 있다. 그 언젠가 시작되었던 빛나는 생명의 씨앗들이 성장하여 소멸이라는 허망함으로 우리 곁을 떠나지만 그들이 삶이라는 질곡의 시간을 건너며 아직 살아 있는 대상들에게 남긴 것은 무엇일까 손끝으로 감각해 내야 한다는 것이다. 황금빛으로 눈부시게 대지 위에 가득 쌓아놓을 은행나무의 혈육들을 바라본다. 노오란 나비떼들이 군무를 추는 장관이 시작되고 있다. 뛰는 맥박으로 살아 있다는 이 생명의 존엄한 가치에 대하여 누군가에게 감사하게 된다. 겨울로 가는 길목에서 깊은 가을빛으로 존재하게 될 모든 이웃들에게 고개를 들고 눈인사라도 전해야 할 것 같다.

비로소 여유로운 숨이다. 폐부에 스며드는 대기, 호흡기로 들이키는 숨 한 마디 마디가 상쾌하다. 완연한 모양새로 깊어진 가을이다. 빠른 보폭으로 찾아오는 이 가슴 서늘한 쓸쓸함의 대명사, 벌써부터 두 손바닥보다 큰 가로수 플라타너스는 물들기도 전에 온몸으로 떨어지며 떨어져 보도에 뒹구는 연습을 한다. 나무는 생애 최상의 열망을 전신으로 뿜어 올리며 붉은 꽃불을 잎새 가득 물들이고 있다. 울긋불긋한 산과 들의 향연, 가을은 지금 깊은 열애 중이다.

지금은 붉게 물드는 황혼의 시간, 저녁노을이 한 생의 추억을 더듬어 일필휘지로 축약된 붉은 연서를 쓰고 있다. 비교적 최선의 삶을 살았노라고 저리 곱게 물들고 있다. 생명으로 태어나 땅속 깊이 뿌리를 내리고 한 겹 한 겹 생존의 힘을 키워낼 기둥의 굵기를 더하기 위해 땀을 흘리고 가지와 가지 사이로 튼실한 열매를 매달아 수확의 기쁨도 맛보았다. 이제는 세상에서 가장 따뜻한 사람과 손을 잡고 정겨운 이야기로 가슴 훈훈하게 마음을 데워야 한다. 이런저런 이해타산으로 평생을 굴려온 차디찬 냉가슴을 순연하게 풀어놓아야 한다.

붉게 물든 '단풍의 아름다움'이 그토록 비참한 이별의 대명사인 줄 아는 일이기에 나무는 묵묵히 가지를 흔들고 있다. 꽃을 피우는 일은 '시듦'으로 걸어가는 생명의 자연한 순리이다. 언젠가 시작하였으므로 언젠가 끝나는 일이다. 세상의 모든 의미들의 세세한 내부를 들여다보면 그토록 알 수 없는 질문으로부터 문이 열리지만 실낱같은 대답하나를 들고 그토록 견고한 외부로의 문 닫음을 수행하고 있다

유한한 삶의 통로를 짚어온 지난 시간으로 가을은 한 결의 비단을 짜고 있다. 앙상한 가지마다 붉은 등불을 매어단 감나무가 살을 에는 겨울 초입까지 불을 밝히는 까닭은 밤새도록 비단을 짜는 어머니의 한해살이를 지키기 위함이다. 붉게 물들고 있는 가을의 볼을 타고 흐르는 노을이 곱다. 단풍잎 익어가는 백록담에서 설악까지 이 가을의 시작은 만만치 않았다. 서늘한 바람 한 줄기로 붉게 물드는 가을, 살결에 스미어 뼈와 뼈 사이를 관통하는 쓸쓸함, 누구도 쉬이 물들지 않을 수 없는 가을이 저만치 깊어가고 있다.

다시 또 앙상한 나목의 시간을 준비하고 있는 나무는 수백 년을 거듭 동토의 겨울 묵상에 들어도 여전히 생멸生滅의 의미를 헤아릴 것이다. 살을 에는 삭풍의 계절로 몸에 걸쳤던 속세의 모든 가치들을 내려놓으며 참선에 들 것

이다. 꽃으로 지녔던 영화, 열매로 다스리던 몇 알의 결실들 다 내려놓고 나무는 면벽기도에 들 것이다. 무엇을 쥐고 무엇을 놓아야 했는지. 가지를 물들이던 단풍잎들 저토록 냉정하게 떨쳐내는 까닭을 침묵으로 설법하고 있다.

나비 한 마리 꽃피워내고 있다

　　나비 한 마리가 가느다란 꽃술 위에 앉아있다. 향기의 크기에 젖어 쉽게 일어서지 않는 모양이다. 여름의 시작부터 머금기 시작한 소엽풍란의 꽃대는 근 한 달 가까이 늘보걸음을 보이더니 드디어 날아갈 듯한 형상의 나비 한 마리를 꽃피워내고 있는 것이다. 어찌나 작고 연약한 몸짓인지 가느다란 입김에도 날아갈 듯하다. 그뿐이 아니다. 두 날개를 펴 나풀거리는 꽃잎 사이로 피워내는 은은한 향기는 메마른 가슴을 매혹시키고 있다. 어쩜 꽃향기는 한 줄의 문장에서, 한 행의 시어에서 폭발하는 감동인지 모른다. 사람의 가슴에 울려 퍼지는 먼 교회당 망루를 타고 흐르는 은은한 종소리 같은 아름다움의 향기이다.

　　문학은 마음 가난한 사람의 시린 가슴에 피는 꽃향기와 같다. 가뭄의 갈라진 논밭에 내리는 단비처럼 감성의 포자를 청초히 발아시키는 동녘하늘에 떠오르는 아침햇살이다. 때문에 마음 한 자락에 자욱한 안개가 덮여 우울할 때 한 권의 시집을 들고 페이지를 열게 되면 어느새 마음 밭에는 꽃잎이 피어난다. 한 마리의 나비가 행간을 날아다니며 환한 날갯짓으로 햇살을 퍼 나르기 시작한다. 최소한의 언어로 함축된 의미가 한 송이의 꽃향기를 밤하늘 폭죽 터뜨리듯 발산하는 것이다. 그로 하여 어떤 미움도, 어떤 아픔도 옷자락에 스미는 이슬비처럼 자연스레 평온을 찾게 한다.

수필을 사랑하고 수필가라는 이름에 더 익숙해 있지만 시인이며 시 읽기를 좋아한다. 1988년 겨울이었다. 희곡작가이며 소설가였던 오학영 선생님의 첫 시집이며 불행하게도 유고시집이 되었던 『憂愁主義者의 여행』을 감상하다가 문득 「소리」라는 시를 읽고 섬광처럼 가슴에 꽂히는 감동을 느낄 수 있었다. '나는 어디에 있는 것일까.' 세상을 살아가며 문득 문득 던지게 되는 질문이다. '音聲과 더불어 태어났을 때/눈을 감으면/나는 어디 있는 것일까//지구의 表皮 밖으로/떨어진, 사색하는 모습/누가 이름하였을까'로 이어지는 6연의 시는 모체로부터 분리되어 세상에 던져지는 순간 독자적인 객체로의 내가 터뜨리는 고성의 울음이후 존재확인의 몸부림이다. '아, 꽃도 아닌/인간도 아닌/음성 뒤에 스스로 존재하는/무한의 얼굴'

27년이 지난 지금도 간혹 내 사유의 시간 속에 유숙하고 있는 시 「소리」에 묻은 감동은 분주한 생활인으로 투신하며 무심하게 잃어버린 '나'의 정체성에 대한 '존재 찾기'였다. 일찍이 아놀드Matthew Arnold는 시는 '인생비평이다.'라고 했다. 오학영선생님은 명증하게 대답할 수 없는 인생길에 놓인 한 인물의 생존의미에 대한 근원적인 질문을 던져주었으며 독자로 하여금 각기 해답되어지기를 기대했다고 믿는다. 삶을 살아가는 내내 깊은 울림으로 반추하게 하는 시 「소리」는 시문학예술이 지닌 향기로운 가치를 깨닫게 하고 있다. 지구의 표피 밖으로 떨어진 존재 하나 하나의 길 찾기를 수행하게 한다.

지나간 시간의 흔적은 아름답다

　　　바람의 입김이 차다. 하늘빛은 푸르고 높아 막힌 가슴을 단숨에 무너뜨리고 마는 계절이다. 하지만 조석으로 부는 바람이 확 트인 가슴속에 너무나 큰 공허를 앓히고 있다. 들녘에는 온갖 과실이며 곡식이 익어가지만 풍요의 크기가 크면 클수록 결실의 자국은 한 해의 끝을 이야기하고 있어 쓸쓸하다. 황금빛 벼를 거둔 빈 논바닥 같아 가슴을 앓게 한다. 못 다한 그리움처럼 못 다한 욕망이라도 남아 있는 까닭일지 모른다.

　뒤돌아보면 지난 시간은 늘 그 자리에서 무지개빛 내일을 꿈꾸는 갈망 속에 존재하곤 했다. 하지만 채워지지 않는 갈망의 그 추억만으로도 지나간 시간의 흔적은 아름답다. 비록 어느 현재도 욕망의 사슬에 메이지 않는 순간이 없어 내일에 대한 기대로 달뜨게 하지만 지나고 나면 어느 한순간의 과거도 아름답지 않은 날이 없는 것이다. 다만 현재는 얼마나 더 가득해야 진리에 순하여 아름다울 수 있을지 쉬이 가늠하게 하지 않는다.

하나의 일이 시작되고 하나의 일이 마무리 되는 반복의 연속이 일상이다. 누구나 자신에게 주어진 일을 위하여 수많은 하루를 살아가는 게 인생이지만 이 가을에 던져진 우리들 각자의 삶의 빛깔은 무엇일까 궁금하다. 지나친 사랑도 독이 되고, 지나친 미움도 독이다. 진실한 것은 가슴에 담아두면 가슴 속 온기로 싹을 키우고 꽃을, 열매를 매달 수 있겠다 싶지만 사랑도 가슴에 안은 욕망의 부피 때문에 둑을 무너뜨리는 댐과 같다.

무엇을 더 가득히 보여주려고 한 것이 독이 되지 않았기를 지난 시간을 돌아보며 생각한다. 부질없는 욕망이 사람을 키우는 일이지만 부질없는 욕망이 사람을 버리기도 한다. 가슴을 열어 스스로의 삶을 내다보는 자성의 계절 탓일까. 번개처럼 스쳐 지나는 것이 시간이라는 것을 극명하게 실감한다. 어느새 단풍의 그 고운 빛도 시들기 시작하고 보도 위엔 가지에서 투신한 마른 잎들의 뒷모습이 흔들리고 있다. 그럼에도 그리움이 그리움을 키운다.

새 생명의 힘으로

　　　마른 땅속 깊은 곳으로부터 꿈틀대는 생명의 숨소리를 듣는
다. 미세한 여린 숨으로 시작하여 화산처럼 대기 위에 분출하는 생명의 힘,
머지않아 산과 들엔 그 생명의 씨앗들이 돋아나 지난겨울의 혹독한 추위를
확연히 벗어낼 듯싶다. 그렇게 봄은 겨울의 중심 속에 전신을 내어주고 숨조
차 쉴 수 없는 동결凍結 뒤에서야 파릇한 생명의 눈으로 일어설 수 있다. 어
떤 미미한 성과일지 라도 최선의 노력 없이 소귀의 결과를 이룩할 수 없는
탓이다. 때문에 앙상한 맨몸의 가지에 봄의 화신을 피우는 목련, 개나리, 철
쭉 등의 꽃송이가 그처럼 숭고한 아름다움을 피우는지 모른다. 이른 봄 가지
마다 만개한 목련꽃을 바라보면 움츠렸던 가슴을 활짝 펴게 된다. 눈부신 꽃
잎 속에 숨은 내밀한 고통의 흔적이 아름다운 꽃이었음을 가늠할 수 있어서

일 것이다.

감당하기 어려운 아픔이 가슴을 때릴 때면 '왜'라는 질문이 튀어나온다. '무엇 때문에 아파야 할까.' 생각하게 된다. 며칠 전 세상을 경악게 한 대구 지하철역 화제는 수많은 인명을 어이없게 희생시켰다. 세상을 포기한 정신지체자의 그릇된 방화가 200여 명이 넘은 사상자를 내고 만 것이다. 명문대학에 합격하고 아르바이트를 하기 위해 귀향한 학생, 1년 전 교통사고로 남편을 잃고 여덟 살, 여섯 살, 네 살의 어린 3남매를 키우기 위해 영상사를 꿈꾸던 여인, 살신성인의 정신으로 거꾸로 불길 속에 뛰어들어 승객을 구출하던 지하철공사 직원 등 아까운 생명들이 낙화하듯 떨어졌다. 공식집계 133명의 사망자 이외에 백여 명에 가까운 부상자, 수백 명에 이른다는 실종된 인명을 헤아리며 말문을 닫고 말았다. 화염 속 한 줌의 재가 된 이들은 어느 날 갑자기 그것도 몇 분 만에 숨을 거두며 '나는 왜 이렇게 죽음을 맞이해야 했을까.'하는 자괴自塊에 빠져 가늠할 수 없는 고통을 감내했으리라는 생각이다.

"엄마, 숨 막혀 죽겠어, 엄마 사랑해." "숨이 차요, 나 죽지 싫어요. 제 아이들 좀 부탁드려요." 무모하게 희생된 사람들이 마지막 숨을 거두며 핸드폰을 통하여 가족에게 남긴 절규이다. 용광로와 같은 불길 속에서 희생자들이 맞이했을 최후의 순간을 상상하면 가슴이 미어진다. 쉴 새 없이 흐르는 눈물을 막을 수가 없다. 어떻게 이런 재난을 맞이해야만 했을까 안타까울 뿐이다.

수백 명에 이르는 희생자가 남긴 건 다 타버린 육신의 재와 그리고 일그러진 유품들이 고작이다. 반지, 시계, 핸드폰, 장신구들이 주인의 신체 일부에서 주인을 지키다 실종된 주인의 존재를 증명해 보이려 한다. DNA 검사를 않고는 확인되지 않는 희생자의 존재 여부, 어쩌면 작은 장신구 하나가 산화된 주인의 실체를 확인하는 단서가 될 수도 있다. 흔적 없이 사라진 사람의 아픈 영혼을 달래어 줄 가는 끈이다. 수백 명의 희생자가 남긴 육신의 재는 지금 지구촌 수십억 인구의 가슴을 울리고 있다. 조문객의 발길이 끊이지 않는다. 서울, 부산, 광주, 청주 등 전국에서 모여들어 유족의 아픔을 나누고 있다. 이른 봄비는 사고 이후 사흘이 넘게 온 천지를 적신다. 하얀 국화꽃 송이에 담긴 고인들의 넋이 빗방울로 떨어지고 있다. 두 눈에 눈물방울을 떨구는 어린아이의 손끝에 모아진 촛불, 남녀노소 모두의 촛불 행렬이 이어지고 있다. 이승의 미련을 쥐고 하늘에 오르지 못하는 가여운 영혼들을 위한 불 밝힘이다. 하늘의 문에 인도하기 위한 산 사람들의 기도이다. 사람들은 한순간에 삶의 경계를 넘은 고인들을 통하여 애틋한 가족의 참사랑과 이웃 사랑의 실천을 확인하게 되었다.

'밀알 하나가 땅에 떨어져 죽으면 많은 열매를 맺는다.' 요한복음 12, 24-25절의 말씀이다. 그리스도께서 십자가에 못 박혀 죽으심으로 몸소 실천해 보이신 인류구원 사랑의 복음이다. 그리고 그리스도께선 사흘 만에 부활의 모습으로 만백성의 빛이 되셨다. 대구 참사는 혼돈과 편협의 정신으로 서로 사랑하지 못하는 피폐한 사회에 보여주신 경종의 메시지가 아닐까 싶다. 화재의 희생된 영혼들은 그리스도의 빛이다. 몸은 죽었으나 그들의 영혼은 영원히 살아 숨 쉬리라 믿는다. 그리고 그리스도께선 그들을 슬픔과 아픔과 불행이 없는 영원한 낙원으로 인도하실 것이다. 고인들의 고통은 살아남은 사람들의 몫이다. 머지않아 겨울 한파를 이겨 낸 산과 들엔 파릇한 새 생명의 움들이 돋아날 것이며 향기로운 꽃이 피어날 것이다.

손잡지 않아도 향기로운 사랑을 위하여

경험하지 못한 마음의 흔들림, 그 야릇한 움직임이 사랑이라는 무서운 병원균의 감염인지조차 알지 못하는 첫사랑의 아름다움은 안개의 늪이며, 일곱 빛 무지개이다. 비로소 한 인간이 성숙한 영혼으로 나 자신보다 더 누군가를 위해 몸을 던지는 사랑은 돌이킬 수 없는 순결한 시간의 맥박 속에서 존재하는 일이다. 다시는 날개를 펴지 못하는 단 한 번의 경험에 이르는 꽃과 나비의 춤사위이며 기억의 파편에 꽃향기를 뿌리는 단명한 무지개의 빛이다. 꽃나무 하나가 맨 처음 세상에 빛을 여는 개화開花의 문 그 신성함이 첫사랑이다.

다시 첫사랑의 보랏빛 안개 속에 빠져든다면, 나는 사랑의 순연한 베일 속에 갇힌 미묘한 아름다움이 다치지 않게 진실이 앞서는 헌신적인 사랑에 마음을 내어놓을 것이다. 손잡지 않아도 향기로운 사랑, 열일곱 소녀처럼 마음을 태우며 고개 들어 사랑의 대상조차 바라보지 못하던 사랑을 위하여, 말하지 않아도 느낄 수 있는 참다운 사랑의 가치를 세우기 위하여 주는 사랑의 크기를 마음에 담을 것이다. 그리고 그리워할수록 가슴 해어져 찢기는 사랑의 아픔을 아름다운 기억의 밭에 화인처럼 새기며 다치지 않게 가꾸어 갈 것이다.

아무도 밟지 않은 눈 쌓인 벌판 위의 발자국처럼 지고지순한 첫사랑의 열병에 다시 눈뜨게 된다면, 진정으로 그 사랑이 다시 찾아온다면 나는 정갈한 옷차림으로 그를 맞이해야겠다. 다시는 옛날처럼 뽀얗게 피어오르는 가슴 흔들림을 움켜쥐고 남몰래 숨어버리지 말고, 사랑하는 대상 앞에 의연히 서서 오롯이 피워낸 한 포기 보랏빛 자운영 꽃잎처럼 서 있고 싶다. 그리고 손을 잡을 것이다. 조용히 그의 눈이 말하는 이야기에 귀 기울일 것이다. 사랑하는 사람이 믿음을 지닐 수 있도록 평온한 시간들을 마련하고 싶다.

사랑하는 마음이 도심의 매연에 오염되거나 온갖 공해 물질에 찌들지 않게 하루는 숲이 우거진 맑은 공기의 산속에 들어가 가슴 깊이 간직한 사랑을 꽃잎 펼치듯 풀어놓고 싶다. 하늘을 찌르는 자연림에 들어가 맑은 계곡의 힘찬 숨소리를 들으며 세상일 다 접어놓고 밤하늘에 별이 뜨는 이야기, 숲에서 새가 우는 이야기들을 낮은 음성으로 나누었으면 좋겠다. 일상의 숙제들에 지쳐 사랑하는 마음을 지워버리는 일 없는, 그래서 늘 가까이 함께 하는 사랑이었으면 좋겠다. 그리워 가슴 앓지 않아도 되는 늘 곁을 지키는 이별하지 않는 사랑을 하고 싶다. 손잡지 않아도, 멀리 있어도 변치 않는 사랑이었으면 좋겠다.

어느 비 오는 날 누군가 첫사랑이라는 이름을 달고 내 곁에 찾아와 우산을 받쳐 준다면 나는 그가 지긋이 바라보는 눈길을 피할 수 없어 우산 속으로 빠져들고 말 것이다. 예고 없이 다가오는 암흑 속의 불빛처럼 순간의 떨림으로부터 시작하는 사랑이라는 이름의 붉은 신호등을 운명으로 맞이하지 않을 수 없을 것이다. 온갖 생각과 말과 행동을 하나로 제어하는 지각변동에 순명順命하지 않을 수 없는 첫사랑, 순결한 영혼이 쏘아 올린 큐피드의 화살에 명중될 수 있다면 이 저녁노을에 기우는 나이를 잊은 듯 어떠랴.

전지剪枝

정원사가 하는 일은 나무의 가지를 치는 일이다. 나무의 모양을 아름답게 하기 위함이고, 분수없이 웃자람을 막는 일이며, 좋은 결실을 위해 곁가지를 자르기도 한다. 나무는 정원사의 가위 끝으로 새로운 모습을 찾는 반면, 가지가 잘리는 고통을 함께한다. 학생의 옳지 못한 일을 체벌하는 스승처럼 가위에 힘을 주어 나무를 자른다. 전지가 된 나무의 모양은 한결 아름답다. 정원사의 의지에 따라 둥글게 혹은 길게 다듬어진 나무는, 이제 막 이용理容을 마친 사람처럼 깔끔한 모습이 되기도 한다. 조각가의 손끝으로 빚어낸 비너스를 감상하듯, 정원사는 새로운 모습 찾기의 희열을 맛보게 된다. 무엇인가를 잘라내고 다듬어 낸다는 의미는, 새로운 모습 속에 생명력을 불어넣는 창조의 작업이기도 하다.

작은 것이 단단하듯, 키를 키우지 않는 나무가 역시 단단하다. 그러나 성장의 욕심을 일순간에 끊어 내기가 쉬운 것은 아니다. 나무는 가지 끝마다 성장의 욕심을 보인다. 이쪽으로 기웃거리며 저쪽으로 고개를 들어 보인다. 하늘을 올려다보고 바람도 쏘이려 함이다. 때로는 푸른 하늘에 해가 기울고 먹구름과 비바람이 몰아쳐도 내민 고개를 좀처럼 접으려 않는다. 꿋꿋이 일어서며 불쑥불쑥 고개를 치켜세우고 별과 달빛을 맞을 꿈을 꾸는 것이다.

어떤 아름다움이든 아름다움의 완성 뒤에는 고통의 흔적이 있다. 전지剪枝하고 난 뒤의 나무 둘레에는 가지 끝에서 잘려져 나간 많은 생명의 아픔과 만나게 된다. 아름다움은 가장 높은 희생으로 빚는 예술작품일까. 정원사는 잘려져 생명을 잃는 고통은 모르는 채, 자르므로 얻는 기쁨을 앞세운다. 굵은 가지이든 가는 가지이든 불필요한 가지를 잘라내느라 땀을 흘린다. 포도나무 가지에 매어 달린 아기 포도알이 정원사의 가위에 의해서 땅에 떨어지고, 손가락 마디 크기로 자란 아기감도 성장의 기회를 빼앗기게 된다.

분수없는 욕망을 키운다는 자성自省에 빠질 때는, 정원사의 가위를 떠올린다. 그의 가위를 가져다 가끔씩 내 나이를 잊게 하는 허황된 욕심과 나의 환경에 익숙하여 틀을 깨지 못하는 고정관념이며 냉철한 사고를 거치지 않고 무작정 키를 세우는 이상理想이다. 때문에 옳고 그른 사고를 주지시키는 내 존재의 배경에 대고 힘을 주어 잘라내야 한다는 생각을 하게 된다. 새로운 모습 찾기에 보내는 갈망일까. 정원사의 가위가 닿기 전 멋대로 자란 나무의 모습에서 정원사의 가위질 이후 상큼한 모습의 나무에 보내는 애정이다.

나무는 정원사에게 자신의 몸을 맡기며 견디기 어려운 고통을 전신으로 느낀다. 손톱 끝을 잘리어 전신에 감기는 고통만큼 가지가 잘리는 아픔을 함께 나눈다. 손가락 마디마디를 도려내는 고통과 아픔은 오래 지키던 소중한 인연 끊기와 다르지 않다. 필요 없는 인연은 없다. 필요 없이 키를 키우는 생명은 없다. 필요 없는 사물은 필요 없는 사물에 대한 희생물일 뿐이다. 생명의 힘으로 뻗어난 나뭇가지를 굳이 잘라야 할 필요가 있을까 싶지만, 자연보호 운동에 반하여 자연은 잘리고 허물어져 물질문명의 발달을 이루기에 한 몫 하기도 한다. 문득 "나무에 가위질을 하는 것은, 나무를 사랑하기 때문이다."라는 가르침을 떠올리게 된다.

사람의 가슴에 키우는 나무는, 덜 생긴 모양을 다듬어 주거나 분수없이 웃자란 욕심을 잘라내며, 내일의 튼실한 결실을 위해 가지를 쳐주는 정원사가 없다. 가만히 서 있어도 달려와 가위를 드는 정원사는 보이지 않는다. 사람의 나무는 제 안에 굳건한 의지를 일으켜 가위질을 할 정원사를 고용하지 못한다. 사람의 가슴속에 들어와 선뜻 가지를 다듬어 줄 정원사는 없다. 사람의 나무는 오직 제 스스로 제 몸을 자르는 아픔과, 잘리어 나가는 아픔을 동시에 받아들여야 한다.

직시直視와 암색暗索

내가 사는 곳은 일반주택도 아니고 아파트도 아니다. 아래층에 점포 하나가 있는 까닭에 상가주택이라 불리어지고 있다. 이곳 상가주택 3층에서 생활하며 하루에도 몇 번씩 층계를 오르고 내린다. 근 10년 가까이 훈련되어선지 3층 계단 정도는 평지와 다름없는 안목으로 적응하는 편이다. 오늘도 간편한 외출 준비를 하고 현관을 나섰다. 현관문을 닫아 놓고 웬일일까 눈을 감았다. 첫 번째의 계단 앞에서 눈을 감고 서 있었다. 그리고 계단 밑으로 걸음을 옮겨보았다.

보이는 것 하나 없이 어둠의 세계가 눈 속에 펼쳐졌다. 칠흑의 장막이 곧바로 다가왔다. 자신 있게 발을 디딜 수가 없었다. 몸의 균형이 잡히지 않았다. 몸의 중심을 계단 옆 손잡이에 의지하고 계속 밑으로 내려갔다. 2층이며

1층 가까이 접근했으리라는 예측 이외의 사물의 거리 측정이 정확히 감지되지 않았다. 하지만 눈을 떴을 때의 기억을 일깨워 감각만으로 계속 층계를 내려가 보았다. 평상시 유연하게 뛰어오르기도 하고 뛰어내리기도 하던 층계는 계단의 수를 셈하는 것과는 관계없이 2층의 계단 어느 한 지점에 서서, 1층의 계단 어느 한 지점에 서서 현재의 위치를 재확인하고서야 앞으로 나아갈 수 있었다. 사물이 눈에 보이지 않을 때는 그 어떤 예리한 감각도 물체의 성질을 완벽하게 파악하기 어렵고 공간과 공간 사이의 거리 측정도 정확하지 않았다.

눈을 감고부터는 딴 세상이었다. 명확히 감을 잡기 어려웠다. 머릿속에서는 이쯤인가 싶은데 아직 미치지 못하고, 더 내려가야지 싶으면 벌써 목적한 지점에 닿아서 오른쪽 발을 들고 헛발질을 하게 된다. 계단 아랫부분쯤에서 발밑에 밟히는 물체가 있어서 눈을 뜨지 않고 손으로 그것의 실체를 알아내기 위해 한참을 손가락 끝에 대고 감지해 보았다. 10cm미터 가량의 높이 끝에 뚜껑이 붙어 있고 지름이 3센티미터쯤 됨직한 원통형의 비닐 병 모양이었다. 무엇인가 내용물이 담겨진 듯싶어 물체를 흔들어 보았더니 걸쭉한 액체의 움직임이 느껴졌다.

자신 있게 그 내용 액이 무엇인지 알아내기가 쉽지 않았다. 막연히 이것일까 저것일까 예측하기만 할 뿐 단정 지어 지질 않았다. 눈을 뜨고 물질을 확인하고 싶은 충동이 순간순간 솟아났다. 끝내 시원스레 가늠하지 못하는 예측에 대한 궁여지책으로 눈을 뜨고서야 물체의 진실한 모습을 확인했다. 어떤 사물이 눈에 보여질 때와 눈에 보여지지 않을 때의 변화는 매우 다양하다. 사물이 눈에 보일 때는 보이는 그대로의 형상을 감각해내고 나아가 그 형상 속의 본성이랄 수 있는 진실된 내면까지도 꿰뚫는 심안을 발휘하게 되지만, 사물이 눈에 보이지 않을 때는 어설픈 감각을 앞세워 실체를 이리저리 가늠하다가 사물의 성질을 통찰하지 못하고 물체의 근본까지 오인하는 사례가 적지 않다.

　세상에 펼쳐진, 겉으로 드러난 모든 사물은 시각자로 하여금 보여지는 그대로 감각되어지지만 그 감각의 판단 기준은 바라보는 이의 사고 판단과 지식수준과 경험에 따라 조금씩 각도를 달리 한다는 사실이다. 사물을 직시하려는 사물에 대한 비평의 시각이 조금씩 차이가 있는 것이다. 대부분은 동그란 물체 하나가 사실 그대로 동그랗게 직감되어 나타나지만 경우에 따라서는 삼각형 사각형으로 모양이 둔갑되어 시야에 닿게 된다. 그 같은 오인의 원인은 사물에 보내는 비도덕적이거나 비양심적인 안목을 포함한 사실의 진실성을 저해하는 은밀한 암시가 시야를 가리는 탓이다. 사물은 명료하게 표면에 드러난 물체일지라도 내면까지 꿰뚫는 명쾌한 안목이 포함되고서야 올바른 판단을 제시할 수가 있다.

　어둠 속에서는 평상시 잘 아는 길도 갈팡질팡 확실한 방향을 찾지 못하고 이리저리 헤메게 된다. 눈을 감으면 세상은 한 줌의 어둠 속으로 그 광활한 높이와 깊이와 넓이까지 감추며 두 개의 눈동자 속 시력 안으로 침전하며 빠져들고 있다. 어느 하나의 직시도 허용되지 않는 확실성을 보장하지 못하는 예감과 예시의 눈으로 어렴풋이 존재하는 것이다. 어느 것에서나 자신감을 세우지 못하고 끊임없는 탐색의 세계를 시도하지 않을 수 없다. 때문에 눈에 보이지 않는 사물은 함부로 진위를 가리지 못한다. 감았던 눈을 떴을 때 비로소 자신의 안목에 비추어진 크기 일지라도 사물을 직시할 수가 있기 때문이다.

한눈에 비추어진 작은 돌멩이 하나도 단숨에 보여지는 부분과 단숨에 보여지지 않는 부분이 있다. 사람의 눈으로 명확하고 올바르게 직시하였다 자신할 수 있는 사물은 얼마나 될까. 하나의 태양에서 비추어내는 햇살도 동녘 하늘에 떠오른 일출과 중천에 떠 있는 정오의 태양이 그 빛을 달리하고 서녘 하늘의 일몰의 빛이 밝기가 다르다.

마음속의 생각을 겉으로 다 표현하지 않는 사람들의 진실은 쉽게 보여지지 않는다. 눈에 보이는 듯 하지만 보이지 않고, 눈에 보이지 않는 부분에 대하여 쉽게 예측하여 단정 짓기 어렵다. 가끔씩 사물의 보이지 않는 부분에 대한 세심한 안목이 우선되어야 한다고 생각할 때가 있다. 보이는 것은 보이지 않는 부분을 감추어 버리는 향기로운 아름다움이 있기 때문이다. 눈을 떴을 때도 보이지 않는 부분이 있고, 눈을 감았을 때도 보이는 부분이 있다.

바람 앞에서

오늘이 입춘立春인 탓일까 햇살이 노오랗다. 대기에 흐르는 햇살의 가닥들이 좌우로 몸을 흔들며 부드럽게 춤을 추는 듯하다. 며칠 전 그 혹한의 흔적은 사라지고 계속되는 이상 기온은 2월 초입을 살면서도 예년의 3월 기온 속에 있다. 한낮이 완연한 봄인 양 싱그럽고 따사롭다. 봄이 시작된다는 전갈은 아무 이유 없이 가슴을 부풀게 한다. 비록 남은 겨울의 미련으로 꽃샘추위가 찾아오겠지만 봄소식만큼은 까닭 없이 마음을 환하게 한다. 어떤 좋은 일이 있을 것 같고 공연히 기쁘다.

남산 어느 길목에는 노란 복수초가 얼음 땅을 비집고 활짝 꽃을 피웠다고 한다. 다투어 뒷집 목련의 마른가지 끝에 머금은 봉긋한 꽃봉오리가 하루가 다르게 부풀어 오르고 있다. 봄소식을 피울 자세다. 가지 가득 피워낼 맑은 꽃잎의 날갯짓, 수백 마리의 우윳빛 새떼들이 가지를 박차고 하늘을 향해 날아오를 것이다. 어제의 그 살을 에는 듯한 추위 속에서도 목련 나무는 안간힘으로 꽃의 자리를 지켜내고 머지않아 온몸 가득 해맑은 꽃송이를 피워 낼 듯싶다.

앙상한 가지의 겨울나무가 잎보다 먼저 피워 올릴 꽃은 한파를 견디어낸 나무의 상처이다. 가슴 안으로 삭인 아픔의 흔적이다. 삭풍의 칼날에 베인 상처의 흔적 위에서 목련꽃은 꽃잎을 연다. 가득 쌓인 눈밭에 시린 발목을 감내하고 일어선 인내의 꽃이다. 가지마다 흔들어대던 바람의 날 선 횡포에 전신을 내어주고 나무는 얼마나 참고 견디었을까. 아픈 가슴을 열어 환한 미소로 피워 낼 목련꽃의 청초한 꽃잎을 그려본다.

아침 4호선 전동차 안 한구석에 한 남자가 누워있다. 때 묻은 머리칼, 때 묻은 얼굴, 때 묻은 손, 때 묻은 옷, 때 묻은 신이 사람이 버린 몸에 붙어 사람의 형상을 그리고 있다. 좀체 일어날 듯싶지 않은 남자에게 사람들은 관심조차 버린 듯하다. 전동차 바닥 한구석 새우등을 하고 누운 남자는 겨울 삭풍에 빠져 헤어날 줄 모른다. 스스로가 서릿바람이 되어 차디찬 맨바닥에 누워 자신을 버렸다. 한때 목련의 앙상한 나뭇가지도 감내하기 힘든 한파를 온몸으로 맞이하였으나 굳건한 인내로 곧 꽃을 피워낼 자세다.

나무가 꽃을 피웠을 때, 꽃을 피워 열매를 매어달았을 때의 기쁨은 생명을 간직한 존재의 의미가 된다. 생명으로 태어나 올곧은 일을 세우고 최선을 다해 살아갈 수 있다면 그처럼 보람된 일이 또 있으랴. 최선의 노력은 최선의 결과를 낳는다. 다만 만사는 대의를 위한 일에 투신할 때 진정한 정의를 창출할 수 있고 믿음과 신뢰를 쌓을 수 있다. 무엇이 삶의 조건이 되고 무엇이 삶의 결과를 이룩하는가는 스스로의 마음가짐에 달렸다. 어느 시기보다 초록 잎새로 싱그러울 봄을 눈앞에 두고 있다. 마른 가지에 새 생명을 탄생시키는 경이로운 계절이다. 쓰러진 나무를 바로 세우고 누운 나무를 곧추세워야 할 것이다.

어떤 역경 속에서도 긍정적 시선으로 나를 일으켜 세울 수 있을 때 봄은 마른가지에 꽃을 피울 수 있다. 내일 모레는 한차례 비가 내린다고 한다. 비가 내리면 아직 흙을 헤집고 솟아오르지 못한 수많은 생명의 씨눈들이 불쑥불쑥 고개를 들 것이다. 얼마나 많은 생명들이 흙을 비집고 돋아나 꽃을 피워낼지 상상만으로도 입가에 미소를 머금게 한다. 은혜로운 빗방울이 전동차 속 노숙자의 묵은 때를 말끔히 씻어줄 수 있었으면 기대해 본다. 봄은 온갖 꽃들의 고향이고 봄은 온갖 아픈 영혼들에게 새 희망을 키워내는 어머니이기 때문이다.

전 세계적인 경제 불황으로 희망을 잃어버린 사람들이 하루가 무섭게 늘어나고 있다. 그들의 가슴위에 포근히 내려앉아야 할 햇살 꺾인 나뭇가지 끝에서 연초록 생명이 눈을 틔우듯이 절망의 늪에 선 사람들에게 따뜻한 햇살의 손길이 닿았으면 한다. 가없는 햇살의 사랑이 스러지는 나뭇가지를 일으켜 세웠으면 좋겠다.

지연희 수필선집

생각의 밖에서

03

흔적

겹으로 입은 두꺼운 옷 사이로 바람의 크기가 해풍처
럼 스며드는 을씨년스런 날씨이다. 문득 주변의 모든
빛깔들이 거무스름한 가운데 가지에 매달린 어린 열매
들이 가여워 보인다.

-「시간의 흔적」 중에서

욕망

산자락에 서면 산에 오른다. 산의 정상을 향해 오를 때마다 느끼는 일이지만 산의 발끝에서부터 완만한 등성이를 오르기 시작하면 머지 않아 가파른 암벽과 마주 서게 되리라는 예감을 한다. 그렇게 가파른 언덕에 닿으면 미리부터 불안해하는 나는 노련한 리더의 지시에 따라 어설프게 자일 끝에 몸을 맡긴다. 그러나 산짐승처럼 유연하게 산을 타는 산사람들 틈에 끼여 뒤를 따르는 초심자인 내 시각은 보다 평탄하고 안전한 길은 달리 없을까 생각하게 된다. 사방을 두리번거리며 길 찾기를 한다.

산의 정상은 여러 갈래의 길 끝에 맞닿는 곳이다. 산자락에서부터 좌측과 우측, 앞과 뒤 사이 잘 닦여진 순환로나 숲 속 지름길들이 거미줄처럼 정상과 잇게 되는 것이다. 그러나 그 모든 길들의 어느 곳은 편편하다가 어느 곳은 극도로 경사를 이루는 게 대부분이다. 완만한 그대로 정상에 오를 수는 없다. 때문에 산 오름은 혼신의 힘까지 요구하고 있다. 온몸으로 산을 오르게 한다. 온몸을 다하여 산을 오르다 보면 전신에 땀이 솟는다. 한여름뿐 아니라 한겨울에도 등줄기를 타고 흐른다. 사람들이 산의 등을 타고 오르지만 오르는 사람의 등에서 쉴 새 없이 흐르는 것이다. 땀방울의 크기는 한 걸음 한 걸음 정상을 향해 다가서는 최선의 노력 만큼에 비례한다. 높은 산이든 낮은 산이든 산을 오르는 사람이면 누구나 정상에 닿으려는 욕망으로 땀을 흘리지 않을 수 없다.

사람의 가슴속에 흐르는 욕망이라는 강은 쉬임 없이 영혼의 문고리를 흔들며 때로는 포효하는 들짐승처럼 때로는 미풍에 흔들리는 버들가지처럼 물결을 이루며 흐르고 있다. 파안대소를 하다가도 문득 침묵하며 강물 속에 잠겨서 꿈을 꾸는 것이다. 내일은 무엇을 해야겠다, 모레는 또 다른 그 무엇을 해야 한다는 그림을 쉬임없이 그려낸다. 산 오름은 욕망의 끈을 잡고 망설이다가 전진하는 삶의 태도와 같은 것이다. 땀을 흘리다가 포기해 버릴까, 포기해 버리고 애초의 시발점으로 뒤돌아가 편안히 안주해 버릴까 망설이는 한편, 한 걸음 더 앞으로 전진하면 소기의 목표에 도달하리라는 희망을 버리지 못함과 같다. 한걸음 발 디뎌 놓고 손만 뻗으면 정상에 닿을 것이라는 믿음을 지닌다.

생명이 있는 모든 피조물은 나름대로의 꿈을 안고 산다. 그 꿈을 성취하려는 욕망으로 숨을 쉬고 있다. 깊은 산속의 소나무와 상수리나무 그리고 단 열매를 잎새 위에 품고 있는 산딸기며 머루, 달래와 키 작은 버섯들, 모두 침묵하며 생명을 키우는 꿈으로 산다. 가지와 잎 사이로 혹은 줄기와 뿌리 사이로 저마다 욕망의 힘을 생명의 끝에 분출하며 살아가고 있다. 생명이 지니고 있는 능력을 갈고닦아 각기 가지가 되고 잎이 되고 꽃이 되고 열매가 된다. 그 모두 제 모습으로 꽃을 피우려는 욕망일 수 있으며 또 한 꽃 속 깊이 열매를 달고 그 열매 속의 새 생명을 번식시키기 위한 종족 본능의 욕망일 수 있다. 산골짜기를 지키며 서 있는 한 그루의 밤나무도 오는 가을 튼실한 열매를 매어달기 위한 수확의 욕망으로 가지 가득 살을 가르고 향기를 뿌리며 꽃을 피우는 것이다.

욕망은 자아현실을 위한 극한의 노력으로 이룩된다. 그 극한의 노력으로 이룩할 첫 번째 욕망의 성취목적은 자아 만족의 기쁨이다. 두 번째는 내 이웃에 보낼 수 있는 기쁨의 표현이며, 나아가 궁극적인 성취 목적은 무엇에 대한 무엇을 앞으로 얻는 영광일 것이다. 산의 정상에 서면 온 세상은 발아래 눕고 그 곳에서 시시각각으로 형성되는 기쁨이며 행복, 슬픔이며 불행까지 가슴에 수용할 수 있는 너그러움에 도달하게 된다. 최상의 욕망이 성취되기까지 욕망은 끊임없이 물살을 가르며 용솟음치는 강물처럼 숱한 낮과 밤을 뒤척이면서 외로이 자신의 모습을 깎는 석공이 된다.

바다에 닿기 위해 끊임없이 뒤척이는 강물처럼 삶의 모든 길은 쉬지 않고 꾸는 꿈속에 있다. 87세의 일생 길 평생을 가난하고 불쌍한 사람을 위해 헌신적으로 살다가 며칠 전 세상을 떠난 테레사 수녀도 자신을 위한 욕망은 버렸지만 전 인류의 굶주림과 버림받은 이들을 위해 봉사하는 욕망의 삶을 살았다. 테레사 수녀의 정상 정복의 욕망은 세상에 사는 모든 사람들이 모두 평화롭기를 빌며 단 한 사람이라도 굶주리거나 버림받는 이가 없게 하는 것이었다.

정상을 향한 산 오름의 길이 여러 갈래이듯 다양한 삶의 방법 속에서 사람들은 욕망을 채우려 한다. 각기 다른 모습처럼 세상은 각기 다른 욕망이 이룩해 놓은 바다이고 산의 모습이다.

욕심

욕망은 무엇을 하거나 무엇을 가지고 싶어 간절히 바라고 원하는 것이다. 그러나 욕심은 무엇을 지나치게 탐내거나 누리고 싶어 하는 마음을 말한다. 욕망이나 욕심은 어찌 보면 똑같은 마음의 움직임이라 말할 수 있으나 두 마음을 냉정히 비교해 보면 분명한 차이를 느낄 수 있다. 욕망은 이상 속에서 현실로 꽃피우고 욕심은 현실 속에서 현실 가까이 취할 수 있는 것이다.

아름다운 사물 앞에서 한참을 넋을 잃고 바라보다가 불현듯 내 것이었으면 하고 탐내는 마음이 욕심이다. 남보다 더 많은 능력을 지니지도 못했으면서 마치 내 자신이 아니면 이룰 수 없을 것 같이 앞장 서 나서는 일도 욕심이 아닌가 싶다. 좋은 것을 탐내고 누리고 싶어 한다. 그러나 그렇게 사람마다의 가슴속에 꿈틀거리는 욕심, 끝없이 손에 쥐고 싶은 갈망도 사람에 따라서는 정도껏 취하고 정도껏 버릴 줄 안다. 하나를 지니면 둘을 갖고 싶은 마음이 욕심인 까닭에 이성理性의 힘을 빌어 취하고 버린다.

따지고 보면 세상의 모든 욕심은 평생 동안 부질없이 손에 쥐었다 놓는 허욕일 테지만 매사에 분별없이 일어서는 욕심은 주변 사람들마저 의식하지 않는 만용을 부릴 때가 있다. 욕심은 자칫 허황된 욕심을 낳아 다른 사람의 가슴에 상처를 입히는 무례를 범하기도 한다. 많은 사람들 속에 내가 존재하는 게 아니라 내 가운데에 이웃이 있고 사회를 느끼는 이기적인 사고를 펼치기 쉽다.

욕심은 어떤 일에 대한 창조적 능력이나 진보적 삶을 개척해 나가는 지름길이 되기도 한다. 모든 일이 욕심을 보이지 않고는 발전해 나갈 수 없다. 같은 일이라도 욕심을 부려 어떻게 하면 보다 효과적인 성과를 이룩할 수 있을까 연구하고 실천해 나가는 과정에서 일은 빛이 나게 되지만 우유부단한 성격으로 극도의 안일한 사고 속에 몰입하여 해도 그만, 안해도 그만이라는 나태를 보이게 될 때는 최소한의 성과도 얻기 힘겹다. 때문에 욕심을 부릴 때에는 일의 경중을 헤아릴 밝은 안목이 필요한 것일 게다.

얼마 전 뒤늦은 학교 공부를 시작하게 되었다. 이는 필경 부질없는 욕심의 소산일지 모른다. 그러나 나는 무언가를 간절히 원하고 바라던 가운데 목표를 달성하기 위한 배움의 발걸음을 시작하였다. 첫걸음을 딛기 위한 망설임은 매우 컸다. 매사는 적절한 시기를 맞추어야 성과를 거둘 수 있는 일일뿐

더러 일정한 기간의 노력없이 이룩할 수 없는 때문이었다. 열심히 노력하겠다는 비장의 결심으로 새로운 걸음은 시작되었다.

젊고 유능한 학생들 속에 비교적 많은 나이임에도 불구하고 내 나이를 잊을 만큼 나는 새로운 사람들과의 만남을 소중히 조심스럽게 받아들였다. 조금은 설레는 마음으로 울창한 숲과 숲 사이에서 개최된 신입생 오리엔테이션에도 참가했다. 아직도 내 삶 속 욕망의 덩이는 식지 않는다는 몸짓으로 나는 자못 씩씩하기만 했다.

욕망, 혹은 욕심은 어쩌면 생명이 존재하는 날까지 생명을 안고 있는 사람의 가슴속에서 벗어날 수 없을지 모른다. 적어도 불심을 키우는 수도승이나 그리스도의 사랑을 전하는 사제들의 영혼을 닮지 못한다면 평생을 욕심과 욕망의 굴레에서 헤어날 수 없을 것이다. 가능한 내 주변에 나의 욕심으로 인한 피해가 없는 쪽에서 그들을 조심스럽게 가까이 해왔다. 부질없다 하면서도 보다 나은 내일이라는 기대를 세워 놓고 황망히 뛰어다녔던 것이다. 바삐 뛰어다닌 만큼 내 종아리와 발목에 힘이 가해졌을 듯싶다. 그러나 어느 순간은 그들이 나의 종아리를 걸어 놓고 마구 채찍질을 했다. '지금 그대로 편안히 안주해!', '발버둥쳐서 하나 더 얻으면 무엇해!', '바보처럼 땀 흘리지 마!' 하면서 욕심은 자존심이 아니라는 것을 일깨워 주기도 했었다.

나이가 들면 욕심도 줄어든다고 한다. 일에 대한 자신을 잃어서 일 수 있으나 세상 모든 삶에 대한 관조의 깊이가 깊어져 섣불리 손에 움켜쥐고픈 욕심이 없어진다는 것이다. 남이 가진 것에 대한 탐욕으로 가슴을 앓는다거나 남과 같이 지니지 못하여 기어코 빼앗는 일보다 상대가 편한대로 원하는 대로 양보하거나 관망하게 된다고 한다. 어쩌면 그것은 자신에 대한 자신감일지 모른다. '그래! 괜찮아!' 하면서 여유롭게 마음의 평화를 찾는 일인지 모른다. 일에 대한 욕심, 사물에 대한 물욕, 성취되지 않는 허욕에 빠져 겸손을 잃는 일은 없어야 하지만 나는 간간히 버리지 못하는 욕망과 욕심 속에서 살아가고 있다. 아직도 내 모습이 보다 아름다울 수 있을지 모른다는 기대 속에서 꿈꾸는 까닭일까.

그늘의 배려

창밖은 온통 어둠이다. 하루가 지녔던 분주한 일상을 다독이느라 빛은 지금 휴식 중이다. 어머니의 손길처럼 가슴 깊이 빛을 끌어다 품으로 안는 밤은 때문에 저토록 고요하고 평안한지 모른다. 밤이면 낮의 삶이 지녔던 크기를 헤아리지 않을 수 없다. 하루를 반성하는 자성의 시간이다. 무슨 욕심이 그렇게 많아 몸에서 정신에서 떼어놓지 못하는 일들로 짓눌려 있던 내가 보인다. 버리지 못하는 욕심에 대하여 생각하게 된다.

어이없는 일에 욕심을 부릴 때가 있다. 하루 종일 생각에 묻혀 문득문득 정신을 가다듬고 몰두하다가 마음 밭에 내려놓기도 하지만 결국은 포기하지 못하는 일이다. 버려야 할 것을 버리지 못하고 쌓아 놓는 버릇과 같다. 일 년 내내 한 번도 입지 않는 옷들인데 어느 옷은 30년이 지난 듯도 싶다. 또한 여행지에서 집어온 관광 안내 책자가 큰 상자에 가득하고 해마다 연말이면 받는 성탄 기념 카드나 신년 카드는 수년이 지나도록 모아두고 있다. 무엇이든 버리지 못하는 욕심이지 싶다.

담아야 하는 내용만큼 버려야 하는 문장들에 대하여 고심할 때가 많다. 완성된 글을 쫓기듯 이메일로 전송하고 게재되어진 책자를 받고 나면 페이지의 행간을 차지하고 있는 버리지 못한 욕심 같은 언어들이 남아있어 낯을 붉히게 된다. 장항아리에 끓어 넘치는 숙성되지 못한 뜨거운 욕망의 누액과 같다. 동아줄처럼 내 몸의 전신을 휘감고 있는, 아직도 무엇이 되고 싶은, 무엇이 되어야 하는 욕심의 흔적이 누더기처럼 문장이라는 이름으로 붙어있는 게 확연하다.

창문 밖 등나무는 연륜의 빛깔을 더하며 짙푸른 신록의 옷을 입고 있다. 지금 한창 무성한 잎새로 가지를 뻗어 옥상에 쏟아지는 한낮의 폭서를 막아주는 일을 한다. 무엇보다 덩그러니 놓여있는 비치파라솔 밑 플라스틱 4개의 의자를 감싸는 그늘은 얼마나 고마운 일인지 모른다. 어느 날엔 저녁 무렵 무더위를 식히기 위해 의자에 앉게 되면 불어오는 바람의 깊이를 짚어주어 한층 시원함을 느끼게 된다. 무성한 가지와 잎새가 베풀어준 배려이다. 결국 나무가 뿌리로부터 몸으로 끌어올린 사랑의 힘이다.

욕심이 앞서면 배려해야 할 일에 소홀해지기 쉽다. 미리 나누고 베풀 수 있는 일을 찾아 나서는 훈련이 필요한데도 늘 게으르다. 새 생명의 씨앗을 물고 있는 나무의 열매는 종족 번식을 위한 자연의 순환 고리를 잇고 있다.

하지만 나무는 새들의 먹이가 될 양을 계산하여 열매를 매어단다고 한다. 나무가 매어단 열매의 모든 개체가 다 종족 번식을 위한 개체는 아닌 것이다. 숲의 소리를 깨우는 조류의 먹이가 될 양을 배려해 열매를 돋아 올린다는 것이다. 제 몸의 살을 빈틈없이 내어주며 생명의 순을 돋아 올린 껍질만 남은 마른 감자 한 알처럼 누군가를 위해 내 몸을 내어줄 수 있다는 일은 기쁨이다.

　아름다운 삶은 더불어 사는 세상을 말하고 있을 것이다. 웅크려 가슴에 품고 있는 것들을 내어놓는 배려가 세상을 톱니바퀴처럼 순환하게 하는 힘이지 싶다. 누군가에 대한 따뜻한 배려는 마음에 담아야 할 가치 있는 일이다. 삶의 길에 놓여진 모든 의미들이 서로 아름다워질 수 있는 바람을 갖게 된다. 하여 만물의 근원인 어머니의 가슴처럼 모든 일상의 아픔까지 끌어안는 밤의 평화를 닮고 싶다. 과한 욕심을 버리고 아름다운 일에 투신할 수 있는 마음의 여유가 그립다.

햇살 한 모금 마신다

햇살이 거울처럼 맑다. 햇살은 새 생명을 일으켜 세우는 창조자의 손길을 닮아 사물에 닿기 무섭게 반짝인다. 더구나 봄 햇살 가득히 내려앉은 나뭇잎은 동백기름을 바른 어린날 어머니의 쪽진 머릿결처럼 반질거린다. 엷은 은행나무잎을 엄지와 검지 끝에 끼워보았다. 부풀어 오르는 초록빛, 손가락 끝에 묻어나는 초록물이 햇살 위에서 반짝인다.

햇살은 살며시 미소 짓는 어머니의 손길처럼 따뜻하다. 아픈 매 대신 등 도닥여 주시던 어머니─ '그러면 못써. 착한 사람이 되어야지.' '비바람은 견디어 일어서야 해.' 거듭 헤쳐나갈 수 없는 어둠의 장벽 앞에서 절망할 때, 매끄러운 잎새의 살갗들은 눈부시게 빛을 물고 몸 안으로 흐르는 햇살의 길을 따라나선다. 실핏줄을 타고 잎맥으로 흐르는 햇살─ 맨살에 닿는 시린 바람을 물리고 잎살들은 한결 생명의 힘으로 부풀어 오른다.

햇살 한 모금 다시 마신다. 펄럭거리며 도타워지는 나뭇잎 숲은 온통 햇살을 나르는 나뭇잎의 숨소리로 가득하다. 물푸레나무, 자작나무, 은사시나무, 상수리나무, 계수나무, 떡갈나무, 참나무, 산동백나무, 산딸나무, 소나무들이 다투어 햇살을 마시고 있다. 어머니의 젖을 문 아기처럼 겨우내 굶주렸던 사랑을 입안 가득 채우고 있다. 이처럼 반짝이는 평화가 또 있을까. 햇살을 물고 있는 나뭇잎의 볼이 반들거린다.

지난겨울 혹한으로 꺾인 나뭇가지 위에서 상처의 아픔을 견디는 어린 상수리나무를 유독 따뜻한 손길로 어루만지는 햇살십자가에 못 박혀 돌아가신 아드님 예수를 안고 상처의 아픔을 치유하시는 성모처럼 햇살의 손길이 애달프다. 포근히 나뭇가지를 안아주는 햇살- 꺾인 나뭇가지 끝에서 연초록 생명의 눈을 뜨는 나뭇잎을 본다. 가없는 햇살의 사랑이 스러지는 나뭇가지를 일으켜 세우고 있다. 숲으로 흐르는 어머니의 숨결이 따뜻하다.

삶, 나의 문학

　　같은 하루, 같은 아침, 같은 밤이라는 이름으로 잇는 시간의 연속 속에서 하루와 한 달이 그리고 한 해가 저물고 열리고 있다. 그 같은 반복된 이름들의 거듭으로 사람들은 각기 나이를 계산하고 세월의 빠른 흐름에 편승하고 있다. 시간의 덧없음을 아쉬워하며-. 새해 첫날은 바로 그 아쉬움을 치유하는 가슴 부푼 희망을 설계하게 된다. 한 해의 마지막 밤 자정에서 영시로 넘어가는 시각과 시각 사이 보신각 타종의 그 순간으로부터 새날의 의미는 그렇게 규정짓게 된다. 그냥 어떤 변화를 꿈꾸고 어떤 기대로 가슴을 부풀린다.

　　거듭되는 내 일상 또한 내일은 알 수 없는 그 무엇이 찾아올 것만 같은 희망으로 연속되었다. 그리고 일흔의 나이에 무임승차하듯 편승하고 있다. 지구의 내부 또한 자전 속에서 일출과 일몰의 현상으로 낮과 밤을 가르고 하루라는 시간을 쳇바퀴 돌리듯 반복하고 있다. 까닭에 우리는 같은 일의 반복 속에서, 다람쥐 쳇바퀴 돌리듯 숨 가쁜 일상 속에서 무료함을 말하지 않을 수 없다. 같은 밤과 낮을 걸어가지만 어제의 그 시간은 물 흐르듯 흘러가 버린 과거일 수밖에 없다. 흘러가 버린 시간의 그 공간에는 잃어버린 순수의 내가 물기 마른 기억을 내려놓고 잠들어 있는 곳이다. 지워버릴 수 없는 삶의 흔적으로 존재한다.

보도 위에 밟히어 바스락거리는 저 앙상한 낙엽의 기도가 순명으로 잇는 새 생명 탄생을 예비한 몸짓이라는 사실도 시간 속에 있다. 쿵쿵 울려 퍼지던 보신각 종소리가 한 해의 시작을 금 긋지만 순간 시간은 흘러 단번에 과거라는 이름을 짓게 된다. 이제 365일로 예비된 새로운 한 해를 맞이하며 뒤돌아본 시간의 흔적 앞에 나는 무엇을 남겼는지 뒤돌아보게 된다. 그곳에는 이제껏 수십 년을 곁에 두고 호흡해온 문학이라는 이름의 또 다른 내 모습이 보인다.

수필가이며 시인이라는 이름의 내가 숨을 쉰다. 내게 있어 문학은 내 삶의 동반자이었으며 눅눅한 삶을 지탱하는 회초리였다. 문학을 통하여 삶의 의미들에 귀 기울이고 언어가 내장한 가치들에 흠뻑 취하게 되면서부터 비로소 눈을 뜨기 시작한 참 문학의 아름다움에 내 삶은 빛의 향기를 맡을 수 있었다. 잃었던 미소를 회복할 수 있게 되었다. 두려움이 사라지고 어떤 모순도 순순히 받아들이는 여유가 생겼다. 문학은 내 삶의 유일한 동반자임에 분명하다.

세상에 존재하는 모든 대상과 따사로이 손을 잡는 법을 배웠다. 생명이 있든 없든, 크거나 작거나, 형태가 있는 것에서 형태가 없는 관념까지 결국은 지구촌 모든 존재의 대상들은 하나의 둥근 원 속 생존의 의미로 존재의 가치를 부여받고 있다는 사실에 눈을 떴다. 그리고 나는 내 외로움을 스스로 치유하기 시작했다. 내 문학은 내 삶 속에서 분리될 수 없는 고통이었으며 은혜로움이었다. 시멘트벽 틈을 비집고 개미 떼들이 열을 지어 어디론가 정신없이 달려가고 있다. 생명을 소유한 모든 존재들은 지난한 삶의 고단으로 이룩한 하루하루를 등에 지고 걸어간다. 저녁 무렵 귀갓길의 내 모습이다.

내게 문학은 어머니의 회초리처럼 매번 종아리를 치지만, 지워지지 않는 갈증으로 연연함을 버리지 못한다. 가슴 밑바닥에 깔려 시시때때로 일어서는 '무엇'들이 불쑥불쑥 펜을 들게 한다. 어느 한 편도 유순한 동행으로 화답하지 않지만 최선의 의지로 머무르다 보면 글이 닿아야 할 이상의 지점에 닿게 되어 감사할 때가 많다. 수필문학의 길에 머문 지가 35년이 지나고 시문학에 매료되어 지낸 시간도 그 시점에 이른다.

나의 시는 빨랫줄에 널려 아직도 눈물을 흘리는 젖은 치맛자락이다. 때를 기다려도 햇빛 스며들지 못하는 뒤꼍 골방이다. 한 번도 사랑한다 말하지 못하고, 한 번도 슬프다 말하지 못하는 청맹과니를 닮았다. 그래서 무심히 하늘바라기를 잘한다. 해를 바라는 해바라기가 되어 까치발을 하고 나는 지금 새 아침 눈부신 빛살로 부딪치는 개벽의 울림을 꿈꾼다. 아스라한 먼 곳으로부터 분연히 다가서는 불빛 같은 시詩, 수필문학이 내 생명의 키를 키웠으나 여전히 나는 굶주린 짐승이다.

내 발걸음의 꽃은 무엇일까

어김없이 또 한 해의 하루하루를 맞이하고 있다. 그리고 어제처럼 내일의 보랏빛 꿈으로 오늘의 삶을 최선을 다해 마무리한다. '내일은 오늘보다 더 큰 무엇이 다가올 거야.'라는 기대이다. 돌아보면 어제의 그 시간과 의미들 속에 서 있지만 오늘은 분명 그 내일을 향한 희망으로 존재하는 것이다. 누구에게 뚜렷한 약속도 받은 일 없이 내 삶은 또 그렇게 매일을 꿈꾸며 오늘과 내일을 산다. 마른 가지에 꽃을 피우고 열매를 매어다는 나무 뿌리를 닮고 싶은 모양인지 마른 시간을 다듬는 내 발걸음은 때문에 하루도 무심한 날이 없다. 특별한 이상을 꿈꾸지 않아도 오늘의 나는 무엇인가를 위해 최선을 다하는 모습이다.

영하의 날씨에 지녔던 잎새들 다 떨어뜨리고 찬바람에 가지를 흔드는 옥상의 등나무 마른 가지를 바라본다. 고슴도치처럼 몸을 움츠리고 맨몸의 살갗을 내어놓은 채 사르르 떠는 모양이다. 제 몸을 의지할 곳 없어 지하철 맨바닥에 신문지 깔아놓고 하룻밤 노숙하는 거리의 사람들이 이 혹독한 겨울의 하루를 감내하고 있다. 눈부신 내일을 향한 인내이다. 몸속의 모든 핏줄이 활기찬 고동소리를 내고 모든 살갗들이 말갛게 피어나는 봄날의 잎 돋음을 위한 내일이 있어 혹한과 싸우고 있는 것이다.

등나무 가지 위에 겨울 참새들이 날아와 가지의 살갗을 쪼며 무엇인가 조아린다. 너무 깊어 깨어날 수 없는 잠은 자지 말라는 부탁인 듯싶다. 하루에 몇 번씩 찾아와 마른 나뭇가지의 등을 토닥이는 참새들의 노래가 헛된 일은 아니었다. 해마다 등나무는 혹한의 겨울을 딛고 일어서 봄이면 보랏빛 등꽃을 옥상 가득 피워주었다. '나는 할 수 없는 일이야.' '내가 어떻게 이 추위를 견딜 수 있어.'하며 저 등나무는 그대로 주저앉아 자신을 포기한 일은 없었을까. 내 몸과 영혼을 쓰레기처럼 내버리지 말라는 이의 말씀을 가슴에 담아본다. 나를 헌신짝처럼 버리고 무심히 시간의 바퀴에 나를 밟히게 하지 말아야 한다는 의미이다. 맨몸 맨살로 차디찬 지하철 시멘트바닥에 누워있는 한 남자의 가슴에 꽃나무 한 그루가 뿌리를 내렸으면 싶은 날이다.

겨울 한파로 불현듯 다가서는 예기치 않은 불행들이 나를 아프게 하고 그대로 주저앉게 할 때가 많다. 어떤 삶을 사는 사람에게나 예고 없이 다가설 수 있는 슬픔이다. 그러나 다행스럽게 그 불행을 딛고 일어서는 용기 있는 사람만이 또 내일이라는 희망을 향해 발걸음을 시작한다. 거듭되는 고난의 길 위에서 진정한 삶의 의미를 깨달을 때가 있다. '산다는 건 이것이구나.' 거듭거듭 넘어져 일어서는 발걸음 끝에 피어나는 깨달음이 삶의 꽃처럼 피어난다. 일상으로 일어서는 아주 작은 기쁨들의 소중함, 삶은 그 소중한 기쁨의 반복이라고 한다. 내일 우리 곁에 다가설 듯싶은 꿈의 기다림 속에 존재하는 작은 행복이다. 아무것도 아닌 것 같은 일상 속에 존재하는 한 번의 미소, 한 번의 기쁨 때문에 오늘도 나는 내 발걸음이 수놓는 소중한 일상을 향해 걷고 있는 모양이다.

아름다운 신뢰를 위하여

　　조석으로 불어오는 바람이 제법 가을을 느끼게 한다. 바로 어제까지 찌는 더위로 진땀을 흘렸는데 계절의 변화를 확연히 체감하고 있다. 분명한 것은 절기와 절기의 경계가 어쩜 그렇게 손바닥 뒤집듯 하루아침에 변모할 수 있느냐는 것이다. 며칠 전 '오늘이 입추구나.'라며 곧 더위도 가시겠다는 생각을 하고 돌아섰는데 그날 저녁부터 불어오는 바람이 예사롭지가 않았다. 드러난 맨몸으로 와 닿는 바람의 감촉은 전신을 움츠리게 하고 춥다는 생각마저 들게 했었다. 그리고 오늘이 입추 이후 사흘이 지난 날이다. 어젯밤은 조금 두꺼운 이불을 꺼내 덮고 잠을 잤다. 몸이 이불을 원하고 있었던 모양이다.

　　유난히 비가 많이 왔던 금년 여름은 특별한 볼 일 아니고는 비교적 컴퓨터

와 씨름을 했다. 어느 때보다 내 자신을 거울 보듯 들여다보면서 현재의 나와 그리고 내 주변 사람들과의 관계에 대하여 돌아보는 시간을 갖기 위해서다. 나는 어떻게 내 주변 사람들과 교류하고 있으며 '내 주변 사람들은 나를 어떤 눈으로 바라보고 있을까.'라는 생각을 한다. 이는 가끔 '그건 내가 아니야.'라는 반문을 하고 싶을 만큼 나 아닌 모습의 내가 주변 사람들에 비치어지고 있다는 사실을 알고부터이다. 그때마다 난 '그만큼 내 전부를 신뢰받지 못하고 있구나.' 하는 생각에 가슴을 앓는다. 물론 내 아픔이며 기쁨이며 속마음까지 말하지 않아도 이해하는 사람들이 있다. 때문에 오늘 내가 용기 있게 살 수 있으며 그리고 내일을 살아낼 수 있지만 신뢰는 보다 가까이 마음을 열어 놓을 수 있는 기회가 주어질 때 쌓을 수 있을 것이다.

며칠 전 저녁 무렵 된장찌개를 끓여 저녁상을 준비하려는 생각으로 두부 한 모와 호박을 사 들고 집 앞의 도로를 걸어오는데 가로수 밑 유일하게 드러난 흙바닥에 몸을 의지하여 누워있는 고양이 한 마리를 발견하고 걸음을 멈추었다. 얼떨결에 "너 괜찮니." 하고 몸을 낮추었더니 누운 채로 고개만 돌려 쳐다보고 있었다. 그리고 잠시 후엔 야옹거리며 몸을 일으키더니 제 몸을 내게 기대며 더 간절한 목소리로 야옹이기 시작했다. 하얀 담모에 검은 무늬 옷을 입은 고양이는 얼굴도 귀여운 아이처럼 맑고 깨끗했다. 둥글고 큰 눈을 굴리며 자꾸 몸을 내게 기대던 고양이가 이젠 들고 있는 두부 봉지에 코를 대며 알 수 없는 말로 야옹이고 있었다. "그래 우리 집에 가자." "어서 따라와."를 반복하며 그의 잘록하게 들어간 배를 쳐다보았다.

허기가 꽤나 깊어 보였다. 고양이는 처음엔 내 부름에 따라 오지 않았다. 한참을 서서 망설이다가 무슨 생각이었을까 껑충껑충 뛰어 내 걸음 앞에 섰다. 그리고 내 집 현관에서 잠시 또 한번 망설였다. 그리고 "어서 어서"를 반복하는 나에게 가까이 다가와 꼬리를 세우고 쳐다보았다. 1층에서, 2층에서, 3층의 층계를 오르는데 고양이와 나는 얼마나 서로의 마음을 계산했는지 모른다. 나는 '따라와 줄까.' 하였고, 고양이는 '따라가도 될까.' 하였을 게 분명하다. 한데 겨우 한 층만 오르면 내 집이었지만 녀석은 순식간에 몸을 돌려 번개처럼 달아나 버렸다. 허망하기 짝이 없었다.

　고양이를 다시 만난 건 사흘 뒤이다. 어둠이 내려앉기 시작하는 저녁, 고양이는 이번엔 내 집 현관 가까이에서 배회하고 있었다. 반가운 마음에 오랜 우정을 나누는 친구에게 하듯 "야옹아"를 부르며 그에게 가까이 다가갔다. 고양이도 날 기억하고 있었는지 달아나지는 않았다. 이번엔 꼭 그에게 내 집을 알려주고 먹이를 주겠다는 생각으로 전보다 적극적인 자세로 그를 불렀다. 고양이는 처음보다 순순히 따라오고 있었다. 역시 층이 바뀔 때마다 주춤거리는 버릇은 여전했지만 이번에는 4층 내 집 문 앞에까지 겨우 도착해 주었다. 그러나 잠시 그릇에 먹이를 담아오는 순간을 견디지 못하고 그는 다시 사라져 버렸다.

　바보 같은 녀석이라는 생각을 하며 먹이가 든 그릇을 들고 층계 밑 현관에 나가 "야옹아, 야옹아"를 부르자 어디에 숨어 있었는지 슬금슬금 몸을 낮추며 나타났다. 고양이는 정신없이 음식을 먹고 있었다. 허겁지겁 그릇을 비우는 모양을 바라보며 그에게 역시 나는 신뢰받지 못할 사람이었다는 것을 확인하게 되었다. 고양이의 눈에 내 행동은 어떻게 받아들여졌을까 궁금하다. 그를 덥석 안고 집에 데려왔을 수도 있었지만 고양이에게 내 집에 이르는 길을 알려주면 가끔씩이라도 그가 내 집에서 허기를 면할 수 있을 것이라는 생각이었다. 그는 전혀 내 생각을 알아차리지 못한 게 분명했다.

　상대의 마음을 들여다보기란 쉬운 게 아니라는 생각이다. 겉으로 바라보는 외형적인 감지도 어려운 일이지만 내밀한 속마음과 마주하기란 쉬운 일이 아니다. 막연하게 '그럴 것이다.' '누가 그러는데.'라는 불분명한 판단은 사실과 다를 수 있다. 분명한 사실이 아닌데 사실인 듯 오도되는 경우를 보았다. 진실을 꿰뚫는 안목이 필요하다는 생각이다. 정말 어느 땐 그게 아닌데 그게 아닌데 라고 큰 소리로 소리치고 싶을 때가 많다. 아직 말복이 남아있지만 가을은 또 다른 변화의 목소리로 우리를 상념의 밭으로 끌어낼 것이다. 내게 보여진 계절을 진실하게 가슴에 담고 그 아름다움을 마음의 눈에 담을 수 있었으면 한다.

시간의 흔적

샛노랗게 물든 은행잎도 큰 어른 손바닥보다 넓은 플라타너스 잎들도 거리에 황량하게 뒹굴기를 며칠째, 오늘은 그들조차 하나둘 자취를 감추고 있다. 넓은 벌판을 세차게 휩쓸던 바람이 도심의 가로수길 보도블록 위를 저 혼자 머뭇거리고 있을 뿐이다. 가을잎이 어미의 가지에서 지표 위에 떨어지기 무섭게 쓸어내던 미화원 아저씨의 수고가 더 이상 필요치 않게 된 것이다. 가지만 앙상한 가로수 밑에 몸을 움츠리고 걷는 사람들이 추워 보인다. 맨몸의 앙상한 가지는 어디선가 먹이를 쪼다가 좌우로 부리를 닦는 참새들의 기댐으로 몸을 내어주고 있다. 기력이 쇠한 나뭇가지의 거무스레한 살갗이 늙은 어버이의 주름살 같아서 안쓰럽다.

기온이 낮아지면서 도심을 배회하던 노숙자들이 지하철 역사 밖에서 역사

안을 점거하기 시작하더니 따뜻한 전동차를 타고 앉아 얼어붙은 몸을 다스
리고 있다. 그들을 만나는 날은 가슴부터 아려오기 시작한다. 무심코 곁에 앉
았던 사람들이 오래 곰삭아 부패한 때의 쾌쾌한 냄새를 견디지 못하고 몸을
피한다. 주변에 진동하는 견디기 힘든 남루의 흔적으로 거리의 나그네는 조
용히 눈을 감은 채 앉아있다. 때로는 주변 사람들의 관심에 대한 분노도 서
슴지 않고 소리를 지르거나 이유 없이 트집을 잡는다. 어쩌다 오늘과 같은
삶을 살 수밖에 없었을까 측은해 하다가 우리 사회가 짊어져야 할 짐인 듯싶
어 마음만 무거울 뿐이다. 가지에서 떨어진 낙엽 하나가 미화원의 손끝 보살
핌도 받지 못하고 어제 내린 빗물의 잔상 위에 뒤척이고 있어 가엾다.

동네 어귀에 화장품을 파는 집이 있고, 곁에는 구두를 닦고 수선하는 집
이 있다. 25년 전 열세 살이라는 아이는 동네 상점이며 은행 등을 찾아다니
며 닦을 구두를 산더미같이 모아들고 신나게 동네를 뛰어다니곤 했었다. 워
낙 깔끔하고 총명한 아이라 관심을 두었는데, 아이는 부모가 양육시키는 게
아니라 지역 청소년 보호시설에서 돌보아 주고 있었다. 아이는 구두 닦는 일
을 배워 그 일로 돈을 많이 벌겠다는 소박한 꿈을 설계하기도 했었다. 학교
공부는 해야 하지 않겠냐는 물음에 야간 중학교에 다니기로 했다는 것이다.
그 열세 살 어린 아이가 이젠 제법 30대 후반의 늠름한 청년으로 성장해 구
두 수선집의 주인이 되어 구두를 닦는 일을 천직으로 삼고 있다. 그는 하루
종일 쌓여 있는 일 속에 묻혀 산다. 언제 그곳에 가도 일은 밀려있다. 더 이상
신을 수 없을 듯한 낡은 구두가 말끔한 모양으로 수선이 되어 서민의 가게를

살찌게 한다. 몇십 년을 한 가지 일에 종사한 탓에 그의 손은 신비할 정도로 변신을 보여주고 한 달 수입도 웬만한 월급쟁이보다 낫다고 한다.

화장품 가게 앞에 며칠 전 그 남자가 서 있다. 낙엽 쌓인 가로수 밑에 서서 멍하니 하늘을 지키던 남자가 떨고 있다. 겹겹으로 옷을 껴입었지만 그의 얼굴빛은 청록색이다. 두 다리를 번갈아 들었다 놓았다 하는 양으로 보아 몹시 추운 모양이다. 양손은 겉옷의 주머니에 넣고 앙상하게 마른 얼굴의 입으론 계속 무슨 말을 하는 듯하다. 아주 가까이 다가서지 못해 알아들을 수는 없지만 입놀림은 매우 유연하다. 중요한 건 그의 발 옆에 놓인 두꺼운 책이다. 너덜너덜하게 귀퉁이가 잘려나간 대형 영어사전이 검은 때가 묻은 채 귀중품처럼 놓여있다는 것이다. 그가 그 두껍고 무거운 사전을 들고 다니는 이유가 궁금하다. 엉키고 삐쭉삐쭉 불거진 머릿결이나 겹겹의 때로 윤기가 나는 얼굴과 손등, 발에 맞지 않는 신은 그가 걸었던 과거의 삶을 유추하기엔 지나치게 난해하다. 그가 지닌 현재의 영상은 너무나 절망스럽다. 그의 미래 또한 현재의 연속일 수밖에 없을 것 같아 안타까울 뿐이다.

해마다 뒷집 감나무는 서리가 내리는 영하의 추위 속에서도 붉은 열매를 가지 가득 달고 있다. 깊은 가을날 고운 낙엽의 소리를 다 듣도록 열매와 잎을 욕심스럽게 나무 가득 잡고 있다가 입동이 지나서야 하나둘 잎새를 내려놓기 시작한다. 기온이 영하로 오르내린다는 요즈음 감나무는 저 붉은 시간의 흔적들을 앙상한 가지로 붙들고 좀체 내려놓으며 하지 않는다. 뭇 새들의 허기진 욕망에 상처를 입고 있지만 뜰의 주인 역시 한겨울이 되어서야 가장 높은 하늘 가까운 곳 가지 끝으로 몇 개의 까치밥을 준비해 주곤 한다. 창밖엔 아직 빈 가지 위로 붉은 감들을 떼어내지 못하는 나무의 사랑이 보인다. 겹으로 입은 두꺼운 옷 사이로 바람의 크기가 해풍처럼 스며드는 을씨년스런 날씨이다. 문득 주변의 모든 빛깔들이 거무스름한 가운데 가지에 매달린 여린 열매들이 가여워 보인다.

겨울나무의 봄

연이은 한파가 온몸을 움츠리게 한다. 살을 에는 추위 탓이다. 겨울이 겨울다운 모습을 보여주어야 한다지만 헐벗은 겨울나무가 맞는 세찬 바람의 감촉은 칼날의 상처처럼 아프다. 하지만 겨울나무는 허허벌판의 한가운데에 홀로 서 있거나 드높은 산의 꼭대기에 서서 온갖 바람의 세기를 다 맞이할 수밖에 없다. 가끔은 하얀 눈꽃을 맞으며 살갗에 닿는 바람의 매를 피하기도 하지만 기실 겨울나무가 가지를 흔들며 울음을 삼키는 까닭은 하루에 몇 시간은 가지와 가지 사이를 지나며 따사로운 빛살을 뿌려주는 햇살 때문이다. 햇살은 마치 어머니의 손길처럼 살갗에 입은 상처를 어루만지며 참고 견딜 수 있는 용기를 심어준다.

어느 해보다 지난해는 생활의 어려움을 견디지 못하고 삶을 포기하는 사람들이 많았다. 그것도 가족이라는 이름으로 아내와 자식까지 동반하여 한 강 물에 투신하거나 독극물을 마시고 자살한 사례가 거듭됐다. 그만큼 견딜 수 없는 삶의 어려움을 극단적 행위로 보여준 사람들이 적지 않았다는 증거 이다. 그러나 세상 모든 사람이 다 그와 같은 연약한 정신으로 생명을 버려야 한다면 살아남아야 할 사람의 수는 얼마나 될까 생각하게 된다. 갈대는 흔들려도 꺾이지 않는다. 모든 분야에서 성공한 사람들의 과거는 몰아치는 비바람에 스러졌다 일어선 갈대였으며, 망망대해 풍랑의 터널을 지나 잔잔한 물결 위의 포구에 닿은 돛단배였다.

산에 오르던 날, 폭풍을 만나 기둥 중심이 꺾이었던 소나무의 밑 등걸에서 새 생명의 일어섬을 확인한 때가 있었다. 생명을 지키는 뿌리의 힘이 얼마나 갸륵한지 한참을 드려다 보았다. 몸으로 견딜 수 없는 장해 앞에서도 포기하지 않고 일으켜 세우는 생명의 힘은 내일을 향한 꿈의 용트림이었다. 하늘 높이 가지를 뻗어 반짝이는 햇살을 맞이하고 싶은 용기가 이룩한 새로운 삶의 아름다운 눈빛이었다. 그것은 우주공간 속에 존재하는 모든 생물에게 주어진 생명 탄생의 이유이며 생명의 소중한 가치를 스스로 지켜야 하는 과제이다. 생명의 본질은 다듬고 가꾸어 자연한 소멸의 끝까지 살아가는 데 있기 때문이다.

겨울이면 목련나무 가지 끝으로 봉오리를 더욱 굵게 키우는 모양을 확인하게 된다. 겨울이 깊으면 깊을수록 목련나무는 금방이라도 탁탁 틔워 낼 만큼의 꽃봉오리를 물고 영하의 삭풍도 아랑곳하지 않는 자세다. 아픔이 크면 그 아픔의 크기만큼 봉오리를 키우는 가지는 수도승의 사리처럼 처절한 인고의 열매를 품는다. 그리고 봄이 문턱에 닿으면 개나리 진달래와 더불어 그 우윳빛 순연한 꽃잎으로 계절의 문을 앞장서 여는 것이다. 새의 날갯짓 같은 목련꽃봉오리는 겨울 한파를 인내하여 분만한 결실이다. 아프고 시린 삭풍의 끝에서 결연한 용기로 피워 올린 보석이다.

지진해일로 한 순간에 삶의 터를 잃고 어버이는 자식을, 자식은 어버이를 잃는 참혹한 참사가 전 세계를 경악하게 했다. 남아시아 해변 몇몇 천혜의 휴양지를 집어삼킨 재해는 15만이 넘는 인명을 앗아갔으며, 살아남은 사람들에게 삶의 의욕을 상실하게 하는 아픔을 일깨우고 있다. 서서히 스러진 몸을 추슬러 일어서는 사람들을 바라보며 슬픔을 딛고 내일을 향해 걷는 이들의 용기는 새로운 삶의 터전을 이룩하리라는 믿음을 갖게 한다. 일어서는 사람은 걸어갈 수 있고, 앞을 향해 걸어가는 사람은 푸른 벌판을 지나 드높은 산의 고지에 다다를 수 있기 때문이다. 살을 찢고 뼈를 깎는 고통이지만 어둠의 터널 뒤에는 광명의 빛이 존재한다는 사실을 믿어야 한다.

포기하는 일만큼 무모한 삶은 없다. 겨울 한파를 피해 지하도를 배회하는 거리의 사람들을 보면 '오죽하면'이라는 말이 튀어나온다. 오죽 살 길이 막막하여 저리되었을까 생각하다가 조금 더, 조금 더 노력하고 부단히 어떤 일을 위해 용기를 지녔다면 하는 안타까움이 인다. 매사는 그가 지닌 정신의 가늠에 따라 길을 열어 준다. 무엇을 하기 위해 노력하는 사람에게는 문이 열린다는 것이다. 비록 지금 이 순간 비좁고 허술한 문일지라도 넓히고 가꿀 수 있는 용기만 살아 있다면 내일이라는 시간과 작은 희망의 끈 하나는 잡을 수 있기 때문이다. 자신을 포기하는 일도 또 다른 의미의 용기라는 생각을 한다. 죽을 수 있는 용기로 살아보라는 말이 있는 것처럼 끝내 살아내려는 희망 하나면 꿈은 이룰 수 있다.

이 겨울이 지나면 따사로운 햇살의 봄이 다가온다. 움츠렸던 어깨를 펴고 파릇한 생명의 돋아 오름도 바라보게 된다. 바람은 싱그러울 것이며 얼었던 개울물도 풀릴 것이다. 목련가지에선 또다시 그 맑고 고운 꽃송이가 피어나게 된다. 겨울이 가져다 준 선물이다. 혹독한 추위의 겨울 뒤에 꽃은 더 빛이 곱고, 새 생명은 더 파릇이 돋아난다. 겨울나무의 시린 아픔과 자리엔 뿌리로부터 끌어올린 생명의 박동을 느낄 수 있게 된다. 말간 눈의 새순이 돋아나 울창한 숲을 이루며 실한 열매도 매어달 것이다. 오늘 이 매서운 바람의 겨울 강을 건너야 향기로운 봄을 맞을 수가 있다.

벌거벗은 은행나무

파릇파릇한 생명을 돋아 올리던 경이로움으로 시작하여 풍성하게 잎을 달고 있던 은행나무가 맨몸으로 겨울 뜰에 섰다. 지난 시간들이 찰나인 듯 다시 한 해의 끝에 서 있는 것이다. 한 해라는 길이의 공간과 시간은 순간 스치고 지나는 바람의 흔적과 다르지 않다는 것을 다시 확인하게 된다. 찰나에 손바닥 위를 지나는 밤의 흔적처럼 눈에 보이는 건 빈 손바닥이다. 이름하여 물빛 짙은 여름도 지나, 붉다거나 노랗다고 말하는 언어 이상의 색감으로 가슴을 흔들던 가을도 일순간에 스쳐 지나갔다. 지금은 살을 에이는 칼바람에 몸을 맡긴 벌거벗은 나무일 뿐이다. 있는 대로 몸을 움츠린 은행나무 한 그루가 바람에 가지를 흔들고, 가지 중심에 촘촘히 가는 나뭇가지로 엮어 건축한 까치집도 안고 흔들린다.

풍랑 속의 돛단배처럼 앙상한 은행나무 가지가 흔들리고 까치집이 흔들린다. 벌거벗은 은행나무는 다시 이 깊은 한파를 견딜 수 있어야 가지마다 고운 새 생명을 피워낼 수 있을 것이다. 비록 일정한 시간 뒤의 떨쳐 버리는 이별의 아픔이 다가온다 할지라도 돋아 올리고 피워내는 흔적으로 살아 있음을 증명하게 된다. 산고의 아픔으로 다시는 아이를 낳지 않겠다는 산모가 다시 새 생명을 잉태하듯이 나무는 뿌리 깊은 아픔을 감내하고 있을 것이다. 이 가이없이 반복되는 어미의 상처, 그러나 자의든지 타의든지 가지에서 떨어진 잎은 이미 제 갈 길을 찾아 흔적 없이 흩어진 지 오래다. 나무의 떠나보내는 아픔을 잎이 알 수도 있겠으나 이 절대한의 이별을 생명이 생명으로 지녀야 할 순연한 순환의 과정으로 감내하지 않을 수 없는 순리임에는 분명하다.

까치가 집을 보수하는 듯했다. 지난 이른 봄 봄기운을 먼저 알아차린 걸까. 본래의 집 위에 나뭇가지를 물어 나르더니 분주하게 먹이를 나르고, 얼마 후 새끼들의 모습을 보여주었다. 아직 은행나무에 잎이 돋아나지 않은 봄날의 따사로운 햇살 속에서 까치는 열심히 어린 까치를 둥지 밖으로 불러내어 나는 법을 가르치고 있다 .어미가 먼저 가지 하나를 뛰어넘으면 어린 까치가 따라 하고 따라 하기를 반복한다. 어찌 보면 야단을 치는 듯도 싶을 만큼 무엇인가 지저귀며 부리를 흔드는 모양새는 엄한 어버이의 훈육이다. 그리고 은행나무는 파룻한 생명을 배추밭의 새싹처럼 가지에 돋아 올리고 풍성하게 키워 낸 푸른 잎으로 나무를 감싸고 까치집도 감추어 놓았다.

자식은 키우는 기쁨이라고 한다. 아픔으로 생명을 분만하고 사랑으로 보살

핌 속에서 행복을 느끼는 대상이다. 그리고 그 눈에 넣어도 아프지 않다는 자식은 어미의 품을 떠나 광활한 초원 위를 날아 멀어져 가는 새들처럼 독립하여 자존의 삶을 걱정하게 된다. 순리이다. 톱니바퀴처럼 교차되는 생명의 순환 고리는 비록 앙상한 뼈대만 남긴 어미의 모습일지라도 날아가는 새는 날아야 한다. 뼛속 깊은 추위와 뼛속 깊은 고독이 찾아오는 계절이 오면 나무는 그때마다 시련의 의미를 딛고 일어선다. 사랑은 아픔이며 아픔의 크기가 클수록 성숙한 나무는 보다 많은 생명의 눈을 틔워낼 수 있다는 사실을 배운다. 벌거벗은 은행나무 속에 빈 까치둥지가 쓸쓸하게 놓여 있다.

작은 상가건물에 살고 있는 터라 삼 년 전 이층에 세를 놓았다. 칠십이 넘은 노인 내외가 터를 잡고 사는가 싶었는데 2년이 지난 어느 날부턴가 가출한 아내와 이혼했다며 혼자 사셨다. 그 할아버지가 주방 앞으로 뇌일혈로 쓰러져 세상을 떠났다. 할아버지가 홀로 숨을 내려놓은 뒤의 이틀 후에야 발견하는 안타까움 속에서 관할 경찰의 도움으로 자식들에게 연락할 수밖에 없는 현실은 참담했다. 목젖까지 차오르는 슬픔과 놀라움 속에서 몇 달을 앓았다. 자식 삼 남매를 두고 있다 했지만 3년이 가깝도록 자식들의 인기척은 확인하지 못한 터라 더욱 가슴이 아팠다. 할아버지는 광활한 벌판에 서 있는 벌거벗은 앙상한 겨울나무와 다르지 않았다. 뒤늦게 찾아와 전세보증금 몇 푼을 나누어 가기 위해 혈안이 되어 있던 자식들을 바라보면서 근 일 년 가깝게 할아버지가 혼자 사시던 이유를 알 것 같았다.

시간은 한정된 삶으로 인간의 생명을 잡고 있다. 고작 백 년을 사는 나이만큼 백 번의 성찰로도 생명 존재의 진의를 깨우치긴 어려울 듯싶다. 끊어낼 수 없이 반복되는 겨울의 고독, 홀로 빈집을 지키는 노인의 외로움은 겨울은행나무의 살을 에는 아픔일 것이다. 그러나 천년을 한결같이 봄이면 잎을 피우고 겨울이면 벌거벗음의 고통을 감내하는 용문사의 은행나무도 아직 그 순례를 반복하고 있다. 천 번을 반복하여 비워냄의 이별을 감내하는 나무의 기도는 살을 깎는 고통으로 온다. 해마다 어떤 모양으로 잎을 돋아내고, 어떤 빛깔로 열매를 달고 자신의 분신들을 떠나보내는 일, 어떻게 대자연의 공기를 호흡하였는지 나무는 아직도 겨울바람 속에서 벌거벗은 채 기도 중이다.

파릇한 생명의 돋음처럼

어제 낮에는 앞뒤 창문을 다 열어놓았다. 봄기운을 가슴으로 마시기 위해서다. 예년보다 한 달이나 계절의 흐름이 빠른 탓일까 햇살의 숨결이 따사롭고 환하다. 부스러기로 남아있던 겨울의 잔영들이 스스로 제 몸을 사르고 봄 햇살 위에서 모습을 감추고 있다. 생명의 분주한 활동이 눈부시게 일어서는 시간, 들에는 마른 나뭇가지 끝에서 피어오르는 파르스름한 색감이 먼 시야로부터 감지되어진다. 저만큼 목련나무 가지 끝으로 수천 마리의 학의 무리들이 비상을 준비하고 있다. 개나리는 담장 너머로 샛노란 얼굴을 내밀고 지나는 행인들에게 봄 인사를 한다. 흙을 비집고 올라온 연록의 새싹 위에 맑은 햇살이 내려앉아 무슨 이야긴가 정겹게 하고 있다. 또한 싱그러운 바람결이 내 들어난 옷소매 살갗 위에서 춤을 추는 듯싶다.

봄이다. 입춘 우수 경칩이 지나 완연한 봄으로의 길에 접어들고 있다. 한 해의 사계절 가운데 봄은 시작의 계절이며 숨죽였던 생명의 활기찬 돋움을 보여준다. 예년의 그것과 다른 새 생명의 탄생을 포함하고 있다. 마른 가지에 피어난 잎새의 싱그럽고 순연한 모습, 어린 아가의 맑은 살결 같은 연록의 돋움은 우렁찬 성장의 힘을 지니고 있어 희망적이다. 어떤 미래를 향한 솟구치는 기대로 하루하루가 다른 생명력의 무한한 가능성을 보여준다. 첫 손녀가 태어난 지 이제 두어 달이 지났다. 아이의 성장은 나뭇가지 위의 새순 같다. 어제 다르고 오늘이 다르다. 제 어미의 젖만 물리면 잠을 자던 아기가 이젠 사방을 돌아보며 옹알이도 하고 바라보는 이의 눈을 맞추고 방긋이 웃기도 한다. 처음엔 뾰족한 촉수만 보이더니 제법 잎새의 모양을 갖춘 어린 잎의 모양새다.

어제만 해도 기척이 없던 나뭇가지에 문득 돋아나는 새잎을 바라보면 많은 가능성을 품고 있는 봄의 대지를 생각하게 된다. 매해를 거듭하며 보다 나은 형상을 꾀하는 가지들의 성장이 눈에 보여서다. 숲속 각각의 이름을 지닌 나무들처럼 다양한 의미들이 각기 다른 정서의 꽃을 피워낼 것은 분명하지만 새로운 탄생, 새로운 시작의 의미는 각고의 진통과 낯설음의 체험 속에서 시작된다. 백일도 안 된 손녀의 미래를 생각했다. 이목구비가 또렷한 아기는 어여쁜 숙녀가 되어 만인들에게 사랑을 받을 것이라는 예감이다. 하지만 한 사람의 인격체로 올곧게 성장하기에는 스스로 겸손하고 지식을 쌓는 과정 속에서 '아름다운 사람'이라는 선망의 경지에 도달할 수 있게 된다. 사회가 원하고 필요한 인물로 성장할 수 있기까지 나무에 물을 주고 가꾸듯이 사람도 끊임없이 나를 가꾸고 다듬어야 스스로를 성장시킬 수 있다.

동네 골목길을 지나며 모과나무 가지 끝에 파릇파릇이 솟아난 새 생명의 힘을 보았다. 마치 아가들의 웃음처럼 앙증스런 모양새는 티 없는 웃음을 선사하고 있다. 시간의 흐름 속에서 잎새들은 처음 그 파릇한 돋움의 순수를 벗게 되지만 그 또한 성숙의 아름다움을 지켜나갈 것이다. 옥상에 뿌리를 묻고 서 있는 아직은 잎눈을 틔우지 못한 등나무 마른가시를 들여다본다. 목마른 사막의 낙타처럼 물기를 빨아들이기 위해 안간힘을 다하는 모양이다. 여느 봄의 식물들보다 생명의 걸음이 느린 등나무의 앙상한 가지는 지난해 성장의 흔적으로 뻗어낸 가지들이 서로 몸과 몸을 부여잡고 가지와 가지를 새끼줄을 꼬듯 휘감아 의지하고 있다. 제 몸 혼자 세우지 못하고 너와 내가 하나로 엮어 성장하는 모습이다. 가볍게 휘청거리는 가지에서 불거져 나올 잎눈의 파릇한 새 생명의 힘을 기대해 본다.

봄은 가장 순연한 생명의 티 없음을 보여준다. 맑고 깨끗한 수정처럼 때 묻지 않은 순수의 빛깔로 모든 생명의 시작을 안고 있다. 얼마나 경이롭고 신비한지 모른다. 아침부터 비가 내리고 있다. 뿌옇게 내려앉은 안개 사이를 뚫고 봄은 세상 때 묻은 먼지를 씻어내고 미처 솟아오르지 못한 생명들을 일깨워 눈뜨게 하려는 모양이다. 타닥타닥 지붕 위에서 생명 탄생의 장고를 울리는 빗방울 소리가 활기찬 오후, 겨우내 숨죽였던 모든 생명의 힘이 거침없이 피어나기를 기도한다. 파릇한 생명의 돋움 그 순연한 모습이 평생 어둠의 늪에 빠져 고뇌하는 세상의 아픔, 세상의 미움, 세상의 슬픔들 모두 지워 버렸으면 한다.

바람의 눈

폭염의 한낮에 목덜미를 스치는 바람의 손길은 여간 반가운 게 아니다. 등줄기를 흐르고 있는 숨은 땀방울까지 씻어주고 있다. 삼복의 치마폭에 숨어 있던 무더위도 서서히 고개를 감추지 않을 수 없는 8월이다. 참으로 알 수 없는 일은 8월이 되어 신비하리만큼 변신해 버린 바람의 모습에 조석으로 한기를 느낀다는 점이다. 또한 가슴 한 쪽이 무너져 내리기 시작했다는 일이다. 어제가 입추라고 한다. 절기가 먼저 온 것인지 서늘한 바람이 먼저 불어온 것인지는 알 수 없지만 어쩜 그렇게 하루아침으로 변신을 할 수 있는 건지 신기해할 뿐이다. 어쨌든지 가을이라는 절기가 문턱을 넘어섰다는 예고이다. 그 때문에 가슴이 이렇게 허허벌판처럼 쓸쓸하기 짝이 없는 것인가.

머지않아 나뭇가지의 잎새마다 붉게 단풍 물을 들일 가을바람, 그가 분명 내 남루한 치맛자락 끝에도 물을 부을 것이다. 벌써부터 햇살 고운 창가에 서서 상념의 밭을 가는 내 허허로움의 그늘에 그가 찾아오는 모양이다. 바람 끝이 달다. 활활 불을 지피는 꽃잎의 화형, 그 찬란히 타오르는 불꽃을 간직할 수 있도록 내 가슴 곁에 가슴 하나를 여분으로 더 달아야 할 것 같다. 제주도 백록담에서 시작하여 지리산 설악산을 거쳐 금강산 백두산까지 뻗어 오를 불의 화신, 금년엔 한계령의 산정에서 그를 맞이해야겠다.

　치유할 수 없는 천형의 바람이다. 창살의 방충망에 붙어 소리를 높이는 매미의 울부짖음을 듣는다. 오히려 멍하니 귀가 막혀 소리는 천지에 흩어진다. 아무런 소리의 흔적도 들리지 않는다. 칠 년을 땅속에 묻혀 애벌레로 견디다가 칠 일간의 사랑을 위해 목숨을 바치는 매미. 그 마지막의 사랑을 위해 목청껏 그리운 이를 부르고 있다. 하늘을 찌르는 그의 노래는 순식간에 공중에서 산화된다. 산화된 소리의 흔적을 삼킨 바람의 무리가 지체하지 않고 땅으로 내려앉는다. 열린 반소매의 드러난 살갗 위로 설익은 가을이 스쳐간다. 바람은 아직 싱싱한 푸른 잎의 가로수 잎사귀 위에 불고 있다.

　내 평생 통틀어 이처럼 깊은 바람 속에 빠진 기억은 없다. 어린 시절엔 일기장에서부터 시작하여 노트, 편지지, 원고지, 백지 위에 마음을 빼앗겼다. 초등학교 땐 담임선생의 칭찬에 기가 살아 글을 쓰기 시작하고 사춘기 무렵엔 이성에 눈떠 일기장의 백지를 까맣게 물들였다. 철이 들어선 온몸을 조여오는 외로움의 뿌리가 원고지를 메우기 시작했었다. 지금은 남편이 이르는 팔자소관 때문인지 문단의 일원으로 창작이라는 미명 아래 20년 가까운 세월을 흘려보내며 어느 한순간도 글을 생각하지 않고는 견디지 못하는 중증환자이다. 자연스레 책상 위에 앉아서 컴퓨터의 자판을 두드린다. 못난 글이든 잘난 글이든 써야 한다는 욕심을 버리지 못한다. 바람이다. 내 육신이며 영혼까지를 휘감고 있는 나의 바람은 누가 그 어떤 무엇으로도 잠재울 수 없는 악성 종양인 듯싶다.

바람의 실체는 눈에 보이지 않는다. 손에 잡히지도 않는다. 그리고 사람의 눈 그 가시거리 밖에서 존재하고 있다. 잡힐 듯 잡히지 않고, 보일 듯 보이지 않는다. 때문에 나 역시 그의 부름에 현혹되거나 맹목적으로 빠져서 헤어나질 못하는 것이다. 세상을 뒤흔들어 회오리를 일으킨다는 바람의 눈, 그를 잡기 위해 사람들은 스스로 바람 속에 갇히고 있다.

지연희 수필선집

생각의 밖에서

04

생명

나무는 한 번 터를 잡고 뿌리를 땅속에 뻗으면 평생을
제자리에서 떠날 줄 모른다. 백 년이든 천 년이든 온갖
풍상을 견디며 한 해 한 해 연륜을 쌓는다.

—「목욕탕집 할머니」 중에서

시간의 유혹

시간은 사람의 몸 안에서 흐른다. 사람의 움직임에 따라 예측할 수 없는 모습의 결과를 예비한다. 한 치 앞도 내다볼 수 없는 미래를 손에 쥐고, 변장술이 뛰어난 마술사처럼 시시각각 모습을 바꾸어 카메라가 피사체를 찍어내듯 거짓 없는 현재를 담아내고 있다. 예측불허의 낯선 모습을 예비한 시간, 그러나 노력하는 사람에게는 흘린 땀만큼의 대가를 소비한 시간의 표피 위의 결실의 양으로 보답해 보여 준다. 때문에 같은 시간이라도 분초를 나누어 가치 있는 일에 활용하는 사람과, 흐르는 시간이 물거품처럼 흩어지는 허망함도 의식하지 못한 채 외면해 버리는 사람이 딛고 있는 시간의 의미는 마냥 다르다.

어느 한순간도 시간이 담고 있는 모든 존재의 현상들을 직시하지 않을 수 없다. 삶의 일각에 보여지는 모든 형상들은 시간이 어떻게 자르고, 어떻게 활용하여 남긴 결과이기 때문이다. 시간은 누구에게나 평등하게 주어진 재산이라고 한다. 때문에 이 자본금을 효율적으로 이용한 사람은 성공에 이를 수 있다는 것이다. 성공에 이른 사람이 근면하게 활용한 시간의 크기는 귀감이 될 되는 역사이다. 역사는 순간순간이 그려 놓은 얼굴이며 수많은 일분 일 초의 땀으로 조각하여 이룩한 결과이다. 눈감고 버려둔 시간은 아름다운 현재를 꽃피우지 못하고 찬란한 미래도 보장하지 못한다. 뒤를 돌아볼 줄 모르는 시간은 돌이킬 수 없는 강물 같아서 손에 쥐고 다듬지 않으면 언제 빠져나갈지 모르는 바람이다. 손에 쥐었을 때만이 그 실체를 잡을 수 있고 그 속에 내장된 무궁한 광맥의 크기를 들여다볼 수 있다. 시간은 한 번 놓치고 나면 후회해도 잡을 수 없는 구름이다.

오늘 내가 헛되이 보낸 이 시간은 바로 어제 생명을 잃은 사람이 그토록 손에 쥐고 놓지 않으려 했던 귀중한 시간이었다는 점을 생각한다면 지금 내게 머물고 있는 이 시간을 함부로 지나칠 순 없는 일이다. 세상이 다 아는 세계적인 재벌의 총수가 자신의 생명을 단 한 달이라도 연장시켜 줄 수 있다면 재산의 반을 내어주겠다는 생명연장의 욕심을 부렸다고 한다. 단 한 시간이라도 단 하루라도 혹은 한 달이라도 시간이 얼마나 소중한 것인지를 단적으로 보여주는 예가 아닐 수 없다. 그러나 시간은 이따금 안이한 삶의 유혹으로 내일의 발전을 가로막고 있다. 매사가 귀찮고 의미가 없거나 아니면 방탕한 일에 발목을 잡혀 헤어나지 못할 때가 있다. 하루 24시간을 효율적으로 설계하여 빈틈없이 실천해 나간다면 시간이 사람에게 부여한 절대한의 보람, 행복, 기쁨의 선물을 가슴에 안을 수 있다. 진정으로 삶이 얼마나 아름다운 것인가를 전신으로 느끼게 한다. 기산은 가치 있게 사용할 줄 아는 사람에겐 기쁨이 되지만, 사용할 줄 모르는 사람에겐 슬픔이 된다.

　자정이 넘은 시간의 칠흑의 밤하늘에 별 하나가 여름 창문 밖에서 반짝이고 있다. 세상 살다간 어떤 삶의 흔적이 제 몸으로 비교할 수 없는 어둠의 크기를 허물며 빛을 뿌리고 있다. 별이 물고 있는 빛의 크기 안에는 어떤 성인 한 사람이 시간을 닦으며 뽑아 놓은 시간의 재가 가는 은사로 감겨 있는 듯하다. 한 겹 두 겹 은사는 광맥光脈이 되어 세상을 비춰내고- 다시 그 별빛 위에 매 순간 새 옷을 입는 시간들이 흘러가고 있다. 낮의 삶이 허물을 벗어 놓은 흔적을 쓸어 모으는 미화원 아저씨의 비질 소리가 쓱싹쓱싹 흥부의 박타는 톱질인 양 밤의 적막을 가른다. 이따금 성급히 도로를 질주하는 차량의 소음이 장단을 맞추듯 스쳐 갈 뿐, 밤은 잠의 허울을 쓰고 적막의 시간을 고요히 흘려보내고 있다. 활기찬 젊음의 시간을 깨우기 위하여-.

당신은

가끔 하늘을 바라본다. 파란 맑은 빛이다가도 잿빛 어둠이 드리워진 하늘의 빛을 본다. 그리고 그 하늘 끝과 맞닿은 산자락 속에서 사계절의 모습을 들여다본다. 노랗고 푸른, 붉고 검게 변모하는 계절이 하늘에서 다리를 뻗어 산으로 내려오더니 머뭇거림도 없이 땅 위에 앉아 제 몫의 꿈을 펼치다가 모습 지우는 일을 하고 있었다. 하늘에서 시작하여 땅으로 잇는 봄, 여름, 가을, 겨울의 움직임, 결국 하늘과 산과 땅이 하나의 뿌리를 삶의 흐름 속에 내려놓고 변화의 모습을 보이고 있었다. 하늘은 산 위에 앉아 있고, 땅은 산 아래 몸을 낮추고 있지만 땅과 산, 산과 하늘은 서로 손을 잡은 채 하나였다. 모든 존재의 근원은 '나무 한 그루와 바람.' '시냇물과 그 물을 타고 흐르는 물소리.'라는 가시적인 것과 가시적이지 않은 사물들의 실존으로 금 그어져 있으며 너와 나의, 나와 너의 관계에서 벗어날 수 없는 하나 속에 있었다. 각기 필연적이거나 우연한 관계로 부딪쳐 손을 잡고 있는 끈이다.

매일 오후 3시경이면 집 앞 도로에서 노인 한 분을 만날 수 있다. 하얀 백발을 흩뜨리고 얼굴빛에 부석부석한 병색을 안은 노인은 동네 재활용품을 수거해 가는 분이다. 그는 어눌한 몸짓의 남루한 손끝으로 집집의 현관 밖에 묶어 놓은 신문지 다발과 빈 과일박스를 얇게 접어 리어카에 싣는다. 때로는 몸보다 무거운 수거 물품들을 옮기느라 쓰러질 듯 휘청거리기도 하지만 노인은 여전히 그 일을 지속하고 있다. 때문에 노인의 모습이 동네에 보이지 않는 날이면 공연한 걱정이 인다. 노인과 노인을 바라보는 시선 하나와의 관계는 보편적이고 일반적인 관심 이상의 것은 아니지만 왜 그런지 마음이 간다. 근 일 년 가까이 노인의 일거리를 습관적으로 준비하고 일정한 장소를 마련하여 그를 기다리고 있다. 다시 말하여 나는 신문지며 빈 상자 등의 재활용품을 내어놓는 사람이고 노인은 이를 수거하는 사람이다. 그러나 분명한 사실은 매번의 내 행위는 노인에 도움을 드리기보다는 노인에게 도움을 받는 관계인지 모른다는 생각을 했다. 노인은 내 집에서 더 이상 사용가치가 없어 거추장스러운 폐품들을 깨끗이 처분해 주는 분이기에 말이다. 기실은 병약한 노인이라 안쓰러워하지만 나는 노인의 도움으로 집 정리를 하는 셈이다.

책상 앞에 앉아 컴퓨터 자판을 두드리는데 목덜미 쪽에서 자정의 정적을 깨는 사이렌 소리가 칼날처럼 청각에 꽂혔다. 앵-앵-앵 모기 한 마리의 시위였다. 날카로운 부리를 곧추세우고 목표물을 향해 공격목표를 찾고 있었다. 그리고 맨살이 드러난 내 어깨 위를 맴돌며 착지를 시도했다. 이어 지체 없이 가느다란 다리를 살갗에 내려놓기 무섭게 내 살 속 깊이 독침을 찔렀다. 침은 못이 박히듯 살을 뚫고 들어가 독을 뿜기 시작했다. 아팠다. 그러나 움직이지 않았다. 조금 참았다가 사정없이 피를 빼는 녀석의 몸체 위로 반격의 기회를 노리기 위해서다.

왼쪽 손바닥을 들어 모기의 온몸을 사정없이 내려쳤다. 떡갈나무 잎새만한 손바닥의 크기 안에 무뢰한 침입자는 틀림없이 사지를 늘어뜨리고 내게서 갈취해 간 피를 쏟아 놓으리라 생각했었다. 어깨살에 붙은 손바닥을 열어 보았지만 녀석은 보이지 않았다. 어느 틈에 사라졌는지조차 알 수 없었다. 다만 빨갛게 부풀어 오르기 시작한 살갗에 상처만 남기었을 뿐이다. 그리고 나는 가시지 않는 아픔과 가려움을 계속 참아내야 했다. 한여름 사람과 모기의 관계는 상호 우의를 나누는 관계가 아니다. 무단 침입자와 반격자의 적대적 관계이다. 예기치 않게 당면하는 모욕처럼 사람들은 무방비 상태에서 공격을 받고 상처를 입는다. 사람과의 관계는 자의뿐 아니라 타의에 의해 조성되기도 하여 뜻하지 않는 관계를 만들 수 있다. 당신은 나와 어떤 관계일까? 사랑일까? 미움일까?—내가 원하든 원치 않든 당신과 나는 이미 사랑 아니면 미움의 관계를 이루고 있다. 어떤 계기를 통해서든 당신과 나는 맨 처음의 만남으로부터 두 갈래의 길을 앞에 두고 어느 한쪽으로 향하는 마음의 선택을 따르지 않을 수 없다.

　동네 시장 주변에는 노점상들이 장을 이룬다. 그들은 대부분 활기찬 몸짓으로 행인을 끌며 호객행위를 하지만 유독 한 사람이 리어카 하나를 덩그렇게 세워 놓고 초췌한 얼굴로 지나는 행인의 뒷모습만 지키고 있다. 어쩌다 그의 주름진 얼굴 속에 쓸쓸히 박혀 있는 빛 잃은 눈동자를 바라보면 쑥스러워 고개를 돌리고 만다. 리어카 위에 담긴 그의 과일이나 채소 다발도 주인을 닮아 윤기를 잃고 있기 때문에 그를 찾는 사람이 많지 않다. "아침에 가지고 왔는데 조금 시들었네요." 가끔 그를 만나면 알 수 없는 사랑이 가슴에 뭉클거린다. "밑지고 팔아요. 손해보고 판다니까요." 뻔한 거짓말을 냉수 마시듯 내뱉으며 두 눈을 굴리는 장사꾼 앞에서는 고개를 돌리게 된다. 바라만 보아도 사랑이 이는 사람이 있다. 바라만 보아도 미움이 이는 사람이 있다. 사람과 사람의 관계는 들녘에 돋는 풀포기처럼 자연스럽게 어떤 풀은 꽃이 되고, 어떤 풀은 꽃을 피울 수 없다.

생명의 신비를 위하여

겨우내 마른 나뭇가지 표피를 뚫고 파릇한 움이 돋아나고 있다. 맑고 깨끗한 새 생명의 눈뜸이다. 경이로운 모습으로 하늘을 향해 발돋움하며 일어서는 생명의 탄생은 아름답다. 그리고 생명은 탄생의 시작으로부터 그가 지닌 모습을 조금씩 구체적으로 세상에 드러낼 때 더욱 신비스럽다. 순하고 부드럽게 천진하고 귀엽게 눈을 뜨고 있으면 그들의 존재에 대한 경이로움에 빠진다. 생명은 하찮은 풀포기 하나일지라도 제 모습을 키워나간다. 새는 새의 모습으로 나무는 나무의 모습으로 제 모습 갖추기를 한다. 그가 지닌 유전 인자의 성질에 따라 은행나무가 되고 소나무가 되고 오동나무가 되며 참새가 되고 꾀꼬리가 된다.

오랜 세월 본디의 모습을 지키려는 생명체의 유전 인자는 소나무의 가지에 은행잎이 돋아남을 거부하고 은행나무의 가지에 솔잎이 돋아날 수 있는 인공적 유전자 변이를 허용하지 않으려 한다. 모든 생명은 제각기 독특한 본디의 모습을 지키려 할 것이다. 사람이 소나 말이 될 수 없고 쥐가 사람이 될 수 없는 준엄한 유전 인자의 법칙 속에서 삶의 질서는 형성되기 때문이다. 생물의 성질은 인위적으로 변화시킬 수 있을지 모른다. 그러나 식물은 식물대로 동물은 동물대로 범 우주 안에 생성하는 만물은 창조주의 섭리 속에서 질서를 지키며 자기다움의 삶을 살아가야 한다.

세상에 존재하는 만물의 형태를 보면 천태만상이다. 그렇게 수를 꼽을 수 없는 많은 종류의 형상들 속에는 생명을 지닌 것과 생명을 지니지 못한 것들로 나뉘지만 그중 매 순간 지구의 빛을 달리하고, 모습을 바꾸어 놓는 다양한 종류의 생명체들은 각기 자신의 공간 속에서 호흡을 잇고 있다. 식물, 동물, 미생물까지 서로 다른 외형과 삶의 방법으로 우주공간에 존재의 의미를 남기는 것이다. 어떤 생물체든지 각기 그들 종족 일족의 삶의 방법에 질서를 지키는 모습을 보면 신기하지만 하다. 침범할 수 없는 규율 속에서 동족보존의 삶을 지키는 생명들- 날짐승은 하늘을 나르며 살아가고, 들짐승은 들에서 제 영역을 지키며 알을 낳고 새끼를 분만한다.

어떤 생물은 하루를 평생으로 살고 어떤 생물은 몇천 년을 평생으로 살지만 그들은 어느 일부분 변함없는 제 모습 갖기를 기대할 것이다. 단 하루를 산다는 하루살이의 삶은 하루 24시간이 고작이지만 그들은 인간이 느끼고 가늠하는 평생의 삶 36,500(백 년으로 삼아)이 안고 있는 시간의 개념은 느끼지 못한다. 하루살이가 느끼는 하루와 인간이 느끼는 삼만 육천오백일은 분명 똑같은 평생이다. 그러나 두 생물체의 평생은 두 생물체가 지닌 근원적 생체구조가 다른 만큼 삶의 형태도 엄격한 차이를 보이는 것이다. 동물과 식물 곤충에 이르기까지 서로 다른 성질의 생물들은 자신들의 독특한 특성을 자랑하며 지켜나간다.

생명은 생물을 유지하는 핵이다. 한 생물의 핵은 고유하게 지켜진 유전 인자로부터 존재하며 그렇게 지켜진 유전 인자는 그 생물의 성질을 뚜렷이 드러낼 수가 있다. 생명의 고유한 성질은 생명의 가치를 높이는 가장 근원적인 양식이다. 얼마 전 의학계에 논란이 되었던 '쥐 아기' 탄생에 대한 대부분의 사람들 반응은 그다지 긍정적이지 못했다. 유전자공학을 활용한 생명체의 탄생은 인간복지 증진에 유용한 도구는 될 수 있지만 인간의 생명은 결코 인위적으로 조작되어서는 안 된다는 이유에서다. 인위적인 인공수정 행위는 인간의 존엄성을 침해하는 행위이며 유전자 변이 등의 부작용을 예견하면서 실험 지속은 용납되어서는 안 된다는 주장이었다. 이와 같은 견지에서 불임 남성의 정자를 쥐의 정소精巢에 주입시켜 성숙시킨 뒤 사람의 난자와 체외 수정시켜 태어난 아기가 이미 이탈리아와 일본에 8명이나 성장하고 있다는 사실은 주목하지 않을 수 없는 문제이다. 아무튼 쥐의 정소를 빌어 태어난 아기들을 생각하면 온몸에 가려움증이 이는 건 사실이다.

생명의 탄생은 신비한 것이다. 수천 수억 년의 긴 세월이 흘러도 세상에 존재하는 생물이라면 어떤 생물이라도 흐트러짐 없는 근원을 잇고 본디의 혈통을 지켜가기 원할 것이다. 가끔 지하철을 이용하며 느끼는 일이지만 전동차 안에서 맞은편에 자리를 잡고 앉은 사람들의 얼굴을 관찰해 보면 어쩌면 한 사람 한 사람 각기 다른 얼굴일까 신기하게 생각된다. 그러나 어린 아이를 안고 있는 어머니이거나 아이 곁에 앉은 아버지의 얼굴을 바라보면 그 서로 다름의 낯섦에서 물러나 '어쩜 판에 박은 듯 똑같아!'를 연발하게 된다. '솔개는 매를 낳을 수 없고 올챙이는 아무리 세월이 흘러도 개구리다.'라는 유전법칙의 신비함을 재확인하는 것이다. 1953년 미국의 왓슨과 영국의 크릭 박사가 세포 핵 속에 들어 있는 유전자의 정체를 명백하게 밝혀내고 DNA라 약칭하게 되었는데 이 유전자는 디옥시리보핵산으로 두 개의 사슬이 서로 얽혀 붙어 매달려있는 나선구조라고 한다.

아주 오래전부터 생물은 세포라는 화학공장 속에서 DNA의 지휘 아래 부모로부터 자식, 다시 손자에게로 유전 정보를 전달해 왔다는 것이다. 인간의 정자 한 개에 포함되어 있는 DNA의 무게는 1조 분의 3g으로 미량이지만, 길이로 치면 1.5m정도가 되며 그 안에 숨어 있는 유전 정보는 1,000쪽의 책으로 환산하여 약 500권의 어마어마한 분량이 된다는 분석이다. 그 속에 기억력, 음악적 감각, 운동신경, 피부색, 눈의 모양 모든 설계도의 기초가 수납되어 있다고 한다. 그러나 약간의 실수도 수복할 수 있는 안전장치까지 지니고 있다는 DNA의 정보는 몇억 분의 1 정도의 비율로 복제가 잘못되기도 하여 돌연변이가 생기기도 한다는 점에서는 쥐의 정소에 성숙시킨 불임 남성의 정자로 탄생되어질 아기의 완전한 인격체 형성에 기대하는 유전자 변이의 의심 여부는 더욱 큰 우려를 낳게 하고 있다.

　아기의 출산은 결혼한 부부에 의한 자연스러운 결실이어야 한다는 것이 통념이다. 한국생명윤리학회에서는 생명의 질을 높이고 가치 있는 삶을 창출하려는 노력이 아닌 생명조작은 무의미하며, 생명연장이나 생명의 양이 생명의 질보다 우선될 수 없다는 주장을 하고 있다. 앞서 생명복제기술이 동물들에 시술되어 소나 양 등 본질과 똑같은 생명체를 탄생시켜 놓고 이른바 자동셔터 하나면 줄줄이 쏟아져 나오는 생명공장 가동이 눈에 보이는 듯했다. 따라서 인간의 생명마저 복제의 단계에 돌입했다는 믿기지 않는 사실을 전해들은 바 있다. 노파심일까 나와 똑같은 사람이 내 옆에서 나와 같은 생각을 하고 나와 같은 행동을 보인다고 생각하면 나의 올바른 존재의 의미는 더욱 무의미하게 될 것이라 생각된다. 인간의 생명은 고귀한 것이며 어떤 생명체도 소유하지 못한 가치 있는 인격체를 지니고 있다. 때문에 몇억만 분의 일 정도의 정상적인 유전자 복제의 오차마저 뛰어넘을 수 있는 '쥐 정소의 정자 배양'은 기대하고 싶지 않은 생명공학의 시술이라 생각한다. 모든 생명은 창조주의 신비한 섭리 속에서 시작되었으며 각기 가치 있는 삶을 살아가기 위하여 노력하고 있기 때문이다.

불행을 딛고 일어서면

어떤 사람이든지 그 사람의 삶 속에는 크고 작은 기쁨과 슬픔, 행복과 불행의 흔적이 있다. 성공한 사람이나 실패한 사람이나 모든 사람의 삶 속에 존재했던 혹은 존재하고 있는 기쁨과 슬픔, 행복과 불행이라는 이름의 모습들은 누구도 직감하지 못하는 돌연한 방문으로 맞이할 사람이 의식도 하기 전에 찾아오곤 한다. 예고 없이 다가와서 걷잡을 수 없이 충격의 파장을 높이는 일상 속의 사건들- 그 사건들이 어느 날은 잴 수 없는 기쁨으로, 어느 날은 가늠할 수 없는 슬픔으로 삶의 리듬을 극한의 감정으로 몰아세우는 것이다. 이처럼 한 사람이 살아내는 인생길 위에는 희망의 빛과 절망의 빛이 순간순간 교차되고 반복된다.

어제까지 예상하지 못했던 오늘의 불행, 누구나 그 불행이라는 정거장에 정차되어 눈을 뜨게 되면, 이제껏 꿈꾸던 모든 삶의 희망스런 조건들은 힘없이 땅에 떨어지고 절망의 깊이에 사정없이 빠져들기 쉽다. '이젠 틀렸어!' '모든 게 끝장이야!' '포기해 버려야지!'하면서. 기쁨이 찾아오던 순간에 손쉽게 받아들이던 호기呼氣도 깡그리 놓아버리는 것이다.

어느 하루도 우리가 사는 삶의 길은 아슬아슬한 외나무다리 위를 걷지 않는 날이 없다. 뜻밖에 발견한 불치의 병으로 스스로 목숨을 끊으려 하기도 하고 참혹한 사고의 현장 속 당사자가 되어 불구의 몸이 되는가 하면 부진한 사업의 실패로 생계마저 이을 수 없게 되어 자승자박自繩自縛한 나머지 삶을 포기하려는 사람도 없지 않은 것이다. 그러나 그 불행의 순간을 딛고 일어서 움츠렸던 고개를 들고 용기를 내어 새로운 삶을 시작하는 사람의 모습이 있어 우리의 사회는 보다 발전적인 모습을 형성할 수 있는 것이다. 이마에 구슬땀을 흘리며 새로운 삶을 익혀가는 사람들을 만나면 그들에게서 찬란한 미래의 기쁨을 예감할 수 있어 행복해진다. 절망의 늪에 몸을 맡겨 자신을 버릴 때에는 내일이라는 결실의 시간은 단 1분도 기대할 수 없을뿐더러 더욱 깊은 자멸의 유혹에 침몰하기 쉽다. 새로운 출발을 위해 부단히 일어서는 몸짓은 건강한 내일을 약속할 수가 있는 것이다. '실패는 약藥'이라고 말한다. 어제의 실패는 반드시 오늘의 출발점이 된다는 축약縮約이다. 그 출발 선상에서 우리는 아름다운 미래를 그리고 오늘을 살아낼 수 있고 또한 그 기대만큼 이룰 수 있게 된다.

"어떠한 불행은 오히려 토대가 된다. 불행을 슬퍼하지 말고 불행을 새로운 출발점으로 삼아라. 즉 불행 앞에 굴복하여 슬퍼하지 말고 그 불행을 이용하는 사람이 돼라!" 이는 프랑스의 유명한 소설가인 발자크가 남긴 말이다. 그가 제시한 '불행에 굴복하여 슬퍼하지 말고 불행을 이용하는 사람이 돼라!'는 의미를 나는 나의 삶 속에서 수없이 반복되는 아픔 속에 담아 넣고 그때마다 굳건히 일어서는 용기로 삼곤 했다. 일찍 어버이를 잃은 고통 중의 학업연장, 결혼과 문학수업에 이르는 오늘까지 어느 한 부분도 순탄하지 않았다. 나는 그때마다 발자크의 말을 생각하곤 했다. 불행에 빠질 것인가, 불행을 딛고 일어설 것인가를 가늠하곤 했다.

프랑스 사실주의 문학에 크게 공헌한 발자크는 사회 각 분야의 인물을 주제로 『인간희극』이라는 소설을 써서 인간정신의 여러 단계를 밀도 있게 표현해 낸 문학인이다. 인간의 정신세계야말로 그 사람의 운명을 좌우할 만큼 절대적 요인이라는 것이다. 절망을 딛고 일어서면 바로 한 걸음 앞에 희망이 보이고, 희망의 한 걸음 뒤에는 언제나 절망이 숨 쉬고 있다는 사실을 우리는 느낄 수 있다. 모든 일은 정신에 달려 있는 것이다. 어떤 고난이 닥쳐도 헤어나려는 의지만 있다면, 딛고 일어서려는 용기만 있다면 길은 항상 열릴 수 있기 때문이다.

얼마 전 텔레비전을 통해 부모와 떨어져 보육원에 맡겨진 아이들이 하루 종일 자신을 떼어놓고 떠난 아버지 혹은 어머니를 창문 밖을 내다보며 기다리는 모습을 보았다. 약속한 날에 찾아오지 않는 아버지를 기다리며 울고 있는 가엾은 아이를 보았다. IMF라는 경제위기는 단란했던 한 가족의 생계를 위협하여 부득이 부모와 자식이 헤어져 살지 않을 수 없는 불행을 낳은 것이다. 자식을 보육원에 맡겨놓은 아버지도, 보육원에 맡겨진 아이도 현실의 고통을 눈물 흘리며 참아내고 있었다. 그러나 그들은 머지않아 다시 전과 다름없이 함께 모여 살 수 있다는 기대를 지니고 있었으며 그렇게 되기 위하여 노력해야 한다는 것도 알고 있었다. 그들이 기대하는 최소한의 바람은 부모와 자식이 함께 모여 생활할 수 있는 기본적인 여건이 마련되는 것이었다.

'불행이야말로 우리의 최대의 스승이며 돈과 사람의 가치를 가르쳐 주는 동시에, 역경이 있으면서 타락하지 않는다면 그것만으로써 충분히 위대하다.'는 발자크의 말이 새삼 오늘을 사는 사람들에게 귀감이 되지 않을까 생각한다.

그대가 그곳에 서 있기에

존재하여 있다는, 세상 어딘가에 숨 쉬고 있다는 사실만으로 외로움은 덜어낼 수 있다. 얼굴 보고 싶으면 찾아가 만나고, 목소리 듣고 싶으면 전화기를 들어 통화하면 된다. 세상 어딘가에서 함께하고 있다는 안위는 휘몰아치는 폭풍의 언덕에서도 굳건히 버틸 수 있는 용기를 심어준다. 그대가 있기에 나는 늘 가슴에 살아 생명력이 넘치는 꽃을 심을 수 있는 탓이다. 그대가 세상 한가운데에 서서 나를 지키고 있을 때, 그대와 나의 거리는 세상 끝에서 끝일지라도 눈 한번 감으면 얼마든지 그대를 내 곁에 끌어 올 수 있는 기쁨이 있다. 그러나 그대가 만약 세상을 버렸다면 그대의 모습을 찾기 위해 나는 제아무리 눈을 크게 뜨고 감아도 그대는 저승의 문을 꼭 걸어 잠그고 희미하게 사라져 가는 기억의 파편들을 내다 던지며 등 돌려 서 있지 않을 수 없을 것이다. 그대가 그곳에 서 있기에 나는 늘 행복하다.

　어머니는 나를 세상 가운데의 깊은 외로움의 수렁에 던져 놓고 세상과의 인연을 끊었다. 눈보라 비바람이 몰아치는 날이면 나는 몸을 움츠리며 고개를 땅속 깊이 묻어 놓고 포수의 화살에 잡힌 겁에 질린 사슴처럼, 하늘을 올려다보지 못했으며, 하여름 속에서도 한기를 느껴야 했다. 어머니는 발목을 잡는 어린아이인 나의 손을 뿌리치며 '어머니'를 가슴에 담고 살라 하셨지만 그게 아니었다. 가슴에 담고 살아생전의 기억의 수레를 끌고 나아갈 때마다 위안이기보다 견디기 어려운 아픔과 그리움이 더욱 크게 살아나 상처를 입었다. 가슴 찢기는 상처로 밤새도록 눈물을 흘리다가 흥건하게 적은 베개 위에 얼굴을 파묻고 잠이 들곤 했다. 살아 있는 그리움은 희망을 쥐어 주지만 생명을 잃은 그리움은 아픔을 쥐어준다.

　그대가 그곳에 서 있기에 나는 가을 들녘처럼 평화롭다. 큰아들이 군에 입대하는 날이었다. 아침부터 가슴 전체가 구멍이 뚫리기 시작하더니 걷잡을 수 없는 아픔이 전신에 몰려오기 시작했다. 빡빡머리를 하고 소집장소로 떠나는 아들에게 눈물을 보일 수 없어 꾸역꾸역 참고 있다가 기어이 고개를 돌리고 말았다. 걱정하지 말라는 아들의 위로가 귀에 닿지 않았다. 며칠 후 입고 갔던 평상복과 신발이 소포로 도착하는 날 아들의 냄새가 완연한 그것들을 안고 다시 또 눈물을 흘렸다. 단 삼 년의 헤어짐이 삼십 년 만큼이나 아리게 다가왔다. 아침 TV뉴스에는 군에 입대하였다가 사고를 당해 목숨을 잃은 장병들의 가슴 아픈 사연을 전해주고 있었다. 순간 '그래 건강하게 살아 있기만 해라.'는 간절한 기도가 흐르던 눈물을 말끔히 씻어 주었다. 어느 곳에 있든지 세상에 살아 있다는 축복만큼 큰 것은 없다.

문득문득 깊은 병고에 시달리던 친구 생각이 난다. 몇 번의 입원으로 사경을 헤매던 그가 작년인가 전화를 주어 안도의 숨을 쉬었지만 다시 연락이 없어 요즈음은 그의 안부를 더욱 궁금해 한다. 그러나 난 그의 집에 전화번호를 돌리지 않는다. 그의 소식 듣기가 몹시 두렵다. 여러 번 수화기를 들었다가 내려놓곤 했지만 다시는 수화기도 들지 않을 참이다. 혈액 암 판정을 받은 그의 안부를 확인하기가 무섭다. 어느 날 불현듯 그가 '잘 있었다.'라는 전화를 내게 걸어주길 나는 기대하고 있다. 세상에 살아 숨 쉬는 그대로 나는 그를 그리워하고 싶다. 가슴 뚫린 허허벌판의 황량한 그리움, 그 아픔으로 그를 기억하고 싶지 않다. 존재의 무게를 잃는 하늘 무너져 내리는 이별은 싫다.

나는 지금 평화롭다. 그대가 세상에 있다는 기쁨이 나를 행복하게 한다. 그대는 항상 내 곁에 있다. 손 뻗으면 달려와 내 손을 잡을 수 있는 세상 어딘가에 존재한다. 그대가 있음으로 나는 웃을 수 있고, 그대가 있음으로 나는 노래를 부를 수 있다. 사막의 열풍도 헤쳐낼 수 있고, 빙하의 설벽도 무너뜨릴 수 있다. 그대가 세상에 존재하기에 나는 봄이면 씨앗을 뿌리고, 긴 장마와 폭염의 여름과 혹한의 겨울도 밀어내고 실한 열매를 수확할 것이다. 그대가 세상에 존재하는 푸른 벌판에서 나는 춤을 추고 노래를 부를 수 있을 것이다. 그대가 그 곳에 서 있기에 나는 행복하다.

목욕탕집 할머니

길 하나만 건너면 대중목욕탕이 보인다. 어느 땐 내 집 창밖으로 목욕을 하기 위해 왕래하는 사람들을 바라보고 어느 땐 목욕탕 주인이 조그마한 유리창 밖으로 우리 집 현관에 출입하는 사람들을 바라본다. 의식적이거나 무의식중에 양쪽 집 사람들은 시시각각 상대성 관심사가 되어 진다. 가끔씩 외출을 하기 위해 현관을 나설 때에도 나는 목욕탕집 출입구 쪽으로 시선을 보낸다. 은연중에 나의 외출을 알리고자 하는 행위와도 같다. 그쪽에서 바라보는 이쪽의 가장 큰 관심사는 무엇인지 모르지만 내가 목욕탕 쪽으로 관심을 보이는 대상은 어느 하루도 모습을 감추지 않는 그 댁 주인 할머니의 출입이다.

조그마한 체구에 앙상히 뼈마디가 드러난 체형의 할머니는 매우 부지런

한 분이었다. 몇 개월 전만 해도 목욕탕의 모든 일을 손수 관리하시며 손님들에게 물을 많이 쓴다 나무라시고, 너무 오래 목욕을 하는 사람은 건강에 해롭다며 애꿎은 사람들을 꾸짖기도 하셨다. 욕실에 들어와 하수구에 막힌 머리칼을 떼어내기도 하고 아무렇게 늘어 놓은 목욕 용기를 정돈하시던 할머니다. 그 할머니가 요즘은 전과 같지 않다. 한 평 남짓한 목욕탕 출입구에 딸린 문간방에 앉아 목욕 요금을 받던 일도 한참 전이고 언제부턴가는 누구도 알아듣지 못하는 말씀을 혼자 중얼거리기 시작하셨다. 가을 햇볕 비치는 목욕탕 밖 층계에 힘없이 앉아 손가락을 만지작거리며 역시 알아듣기 힘든 말씀을 끝없이 하시곤 한다. 할머니의 모습이 예전 같지는 않지만 어느 하루도 빠짐없이 할머니는 목욕탕에 계신다.

오늘은 세면도구를 챙겨들고 목욕탕으로 뛰어갔다. 우리 집 쪽으로 창문이 달린 방에서 할머니의 손주며느리가 요금을 받고 있었다. 의식적으로 두리번거리며 할머니를 찾았다. 탈의실 쪽으로 들어서자 할머니는 소파에 앉아 계셨다. 예전 같으면 무슨 말씀이든 한마디쯤 건네주셨을 분이지만 소파에 등을 기댄 채 고개를 한쪽으로 기울이고 한낮의 깊은 잠에 취해 계셨다. 지난번에도 그 같은 모습으로 앉아 계시더니 오늘도 다름없는 모습이다. 할머니는 어느 날부턴가 기력을 잃은 듯 보인다. 벌써 몇 번째 전신의 맥을 풀고 계신 할머니를 목격하고 있다. 탕 속에 들어와 젊은 사람 못지않게 물살을 헤치며 물 속을 걷기도 하셨지만 요즈음은 그 모습을 뵐 수가 없다. 좀 더 가까이 할머니 곁으로 갔다. 굵은 주름살이 얼굴 전체에 파도처럼 일렁이고 있었다. 소매 끝으로 드러난 손등의 주름살도 다섯 갈래의 뼈와 뼈 사이로 축 늘어져 뵙기가 안쓰러웠다.

아주 짧은 기간에 일어난 할머니의 변화가 무심하게 받아들여지지 않는다. 자리에 누워 계실 만큼 병고에 시달리지는 않지만 할머니는 분명 당신의 삶 속 새로운 변화의 지점에 머물고 계신 게 분명했다. 누구나 거쳐야 할 굴곡의 인생길이지만 지금 할머니가 맞고 계신 부분은 예사롭지 않아 보인다. 당신이 걸어오신 팔순의 연륜만큼 삶의 무게를 한 몸에 안고 계신 할머니의 모습은 앙상한 겨울 나목처럼 쓸쓸하기만 하다. 할머니는 꿈을 꾸듯 여전히 눈을 감고 계셨다. 몸을 다 씻고 탈의실에 나왔을 때도 할머니는 소파에 앉아 계셨다. 의식이 없는 사람처럼 조용히 눈 감고 계셨다.

목욕탕을 빠져나와 건너갔던 차도를 다시 건너 내 집 인도에 닿았다. 늦가을 바람이 젖은 머리칼을 흔들며 매섭게 살갗을 때렸다. 이어 나이든 플라타너스 가로수 밑으로 손바닥보다 큼직한 마른 잎새 하나가 뚝 떨어져 맨발의 슬리퍼 위에 멎었다. 누렇게 퇴색된 플라타너스 잎새였다. 젊은 날 씩씩하게 잎살 전체에 자양분을 공급하던 푸른 실핏줄의 잎줄기는 앙상한 뼈처럼 드러난 늙은 노인의 모습이었다. 순간 목욕탕집 할머니의 주름진 얼굴이 떨어진 잎새 위에 내려앉았고 손등의 주름살도 함께 와 놓였다.

가로수 밑에 서서 건너갔던 목욕탕집 출입구를 바라보았다. 그리고 여전히 소파에 앉아 눈을 감고 계실 할머니를 생각했다. 나무는 한 번 터를 잡고 뿌리를 땅속에 뻗으면 평생을 제자리에서 떠날 줄 모른다. 백 년이든 천 년이든 온갖 풍상을 견디며 한 해 한 해 연륜을 쌓는다. 비바람 폭풍우도 눈보라 치는 삭풍의 겨울도 의연히 견딜 줄 아는 삶을 산다. 아기 눈망울 같은 새싹을 틔우고 무성히 잎을 키운 다음 열매를 거두고 한평생의 삶을 자연의 순리에 순응하고 있다. 한때는 화려한 옷차림으로 자연을 노래하기도 하면서 홀연히 옷을 벗고 손에 쥐었던 생명의 연을 놓아 버린다. 생명의 힘을 내려놓는다. 마른 나뭇잎 하나는 뻗어 오르던 생명이 끊겨 떨어진 삶의 흔적이다. 파릇이 피어나기 위한 몸단장이 아니라 앙상히 존재를 버리는 종말의 의식을 보여주고 있다. 숨을 죽여 온갖 의식의 문을 닫는 최후의 순간을 나뭇잎은 보여주고 있다.

회갑이 지난 아들과 그 아들의 아들, 그리고 어린 증손자까지 한 집에서 다복한 삶을 사시는 목욕탕집 할머니는 요즈음 자꾸 꿈길 어디쯤을 걷고 계신다. 매일매일 넋을 잃고 목욕탕 출입구 밖 층계에 앉아 계시다가 목욕탕 안 탈의실 소파에 앉아서 긴 잠을 청하신다. 목욕탕집 밖 가로수 밑에는 앙상히 마른 낙엽이 입동의 찬바람에 소리 없이 떨어져 땅바닥에 잠들고 있다.

꽃들의 합창

무심코 뒷집 뜨락을 내려다보았다. 눈부신 빛의 덩이가 일직 선으로 눈에 닿았다. 형용할 수 없는 놀라움이 감정의 극치에 닿아 순간 경 탄의 조음調音만 목 밖으로 끌어낼 뿐이었다. 덩치 큰 목련나무 가지마다 어 린 아이들의 간드러진 웃음이 나를 향해 소리치는 것 같았다. 함성을 지르 고 있었다. 활짝 활짝 하얗게 매달린 천진스런 꽃송이들-. 그들을 바라보며 얼마나 창문 밖의 세상에 눈감고 살았나 놀라지 않을 수 없었다. 4월이 시작 되어 이젠 누구도 어쩌지 못할 봄이거니 믿고 있다가 급격히 하강된 영하권 의 기온이 밖으로 내어놓은 화분들을 거둬들인 후로, 완연한 봄은 아직 멀었 어! 라는 믿음을 너무 강하게 지니고 있었던 모양이다. 영하와 영상이라는 기온의 차는 금 하나에 불과한 것이다. 봄에 피는 꽃은 따뜻하고 온화한 영상의 세계에서 꽃잎을 피우지만 꽃을 피우기 위한 봉오리의 맺힘은 영하의 세계에서부터 시작된다. 봉오리에 부딪히는 모진 한파는 더욱 단단히 꽃봉오리를 키우기 위한 인고의 순간일 것이다.

뽀얗게 피어오르는 안개처럼 사르르 꽃잎을 여는 꽃송이는 영락없이 감았던 눈을 띄는 아이들의 모습이다. 천진한 아이들의 미소이다. 남쪽에 비해 기온이 낮은 북한의 산야에도 봄꽃이 피었다고 한다. 개나리 진달래 철쭉 등 아름다운 꽃들이 행인의 걸음을 멈추게 한다는 것이다. 그 꽃구경을 하기 위해 남한의 한 기업가가 금강산행 배를 띄웠다. 50여 년 동안 길이 막혔던 북녘 땅에 발 딛기를 갈망하던 남쪽사람들은 금강산 관광 유람호가 운행되고부터 작은 소망 하나는 이루었다고 한다. 북녘하늘 아래 피어 있는 봄꽃들과 함께 숨을 쉬고 노래도 불렀다는 것이다. 평생 아물지 못할 이산의 아픔 치유는 아직도 요원한 일이지만 한 발짝 가까이 다가가 고향 산천의 꽃향기 속에서 잊혀진 세월의 추억들을 반추할 수 있었다는 사실은 크기를 잴 수 없는 위안이었다고 한다. 남쪽이든 북쪽이든 꽃들은 피어남을 잊지 않는다. 처음 세상에 뿌리내렸던 생명의 힘을 잇고 백 년 전이나 오십 년 전이나 제 모습 지키기를 한다. 북녘의 아이들이나 남녘의 아이들이나 그들은 한 민족의 핏줄을 잇고 있는 것이다.

'꽃제비'- 작년부터인가 일부 북한 아이들에게 붙여진 이름이다. 질퍽한 시장바닥을 맨발로 걸어 다니며 진흙 바닥에 떨어진 음식을 주워 먹는 굶주린 아이들을 일컫는 부름이다. 검은 흙바닥에 묻힌 밥알 하나도 놓치지 않고 집어내어 입에 가져가는 헐벗은 아이들- 볼록하게 튀어나온 아랫배 속으로 가득한 허기를 채우기 위해 꽃제비들은 안간힘을 쓴다. 1년 전 TV에 방영되어 남쪽 사람들에게 놀라움을 던져 주었던 일이지만 북한의 식량난은 더욱 극심하여 춘궁기에 접어든 금년 역시 위험수위에 처해 있다고 한다. 21세기라는 새로운 세기를 몇 달 후면 맞이하게 될 역사적 전환기에 상당수의 산모들은 영양실소로 아이를 유산하고, 태어나는 아이들은 정상적인 체중에 미치지 못한 미숙아라는 것이다. 맑고 고운 새 생명의 탄생은 아름답게 성장해야 한다. 영양실조에 처한 꽃나무는 아름다운 꽃을 피워낼 수가 없는 일이기에 가슴 아픈 일이 아닐 수 없다. 또한 꽃제비 아이들의 가슴속 어딘가에 숨겨진 미소를 찾아내야 한다는 바람이 더욱 간절해진다. 국제 적십자사나 남한의 민간단체들의 지원이 지속되고 있으나 굶주린 아이들의 웃음을 일시에 되찾을 순 없을 것이다.

목련나무에 매달렸던 꽃잎들이 우수수 떨어지는 모습이 보인다. 사지를 늘어뜨리고 땅바닥에 눕는 어린 생명들을 바라본다. 꽃제비들의 굶주림 가득한 눈망울이 사르르 감기는 모습이 안타깝게 드러난다. 생명의 꽃은 남쪽이나 북쪽이나 자연 속에서 씨앗을 잇고 탄생되어 지지만, 바람은 때와 장소에 따라 제 모습을 바꾸어 때로는 따뜻한 손길로 어루만지다, 때로는 매몰찬 칼날을 세워 나뭇가지를 흔들어 댄다. 그러나 모진 한파를 견디어 낸 목련나무만이 앙상한 가지로 향기로운 꽃송이를 피워낼 수 있다. 아직 질퍽한 재래시장 구석구석을 훑으며 먹이를 찾는 꽃제비들이 있다면 그 고난을 딛고 꿋꿋이 일어설 수 있는 날이 하루빨리 찾아오기를 빈다.

온기

아침잠을 털고 일어난 아들의 이부자리 속에 시린 손을 묻는
다. 따뜻한 온기가 아들의 체온이 되어 가슴까지 닿아 왔다. 포근함과 편안
함도 곁들인 어떤 의지로움도 동반하여 어미를 행복하게 했다. 금년 들어 스
물여섯 살 된 아이의 우람하게 성장한 모습이 나날이 제 아빠를 닮아 가고
전과 다르게 근래에는 흠잡을 데 없는 청년이다. 그 아들이 학교를 졸업하고
어렵게 직장을 구해 근무한 지 이제 겨우 한 달이 지났다. 일을 익히느라 집
에 와서 밤늦도록 컴퓨터 앞에 앉아 글을 쓰는 모습이 여간 대견한 게 아니
다.

어젯밤에도 방송국 프로그램 구성을 하느라 새벽 3시가 넘게 자리에 드는
모습을 보았다. 때문에 아침 출근 시간이면 단잠에 취하여 쉽게 떨치지 못하

는 잠자리를 물리치느라 큰 곤욕을 치른다. 깊은 잠 속에 빠져 있는 아들을 깨워야 할 때마다 어미의 가슴은 여간 안쓰러운 게 아니다. 섣불리 한두 번 흔들어 놓을 때는 우이독경牛耳讀經이 따로 없다. 밀쳐내듯 세면장으로 쫓아 내어 놓고 주섬주섬 아들이 누웠던 자리를 정돈하면서 나는 문득 봄날의 햇 살이 무지개 피어나듯 따사롭게 손끝에 머무는 것을 보았다. 이어서 그 따사 로움은 뜨거운 열기로 어미의 가슴에 닿고 있음을 발견하게 되었다. 36.5도 의 지극히 건강한 체온이 아들의 이부자리에 남아서 커다란 사랑으로 파도 쳐 밀려오고 있었다.

참으로 따뜻했다. 보드랍고 포근했다. 두 손을 이불 속 가득 이입된 체온 에 넣고 다시 꺼내어 볼 위에 대며 그곳에서 피어나는 온기를 가늠해 보았 다. 첫돌이 되기도 전에 걸음마를 시작하던 욕심 많은 아이였다. 어설픈 부 모의 사랑을 거스르지 않고 받아들이며 튼튼하고 대견스럽도록 지난 26년 을 성장해 주었다. 초등학교 시절부터 글쓰기에 관심을 보이더니 얼마 전 지 역 케이블TV 구성작가 및 연출자로 입사를 하여 더욱 대견스럽다. 작은아들 의 바르고 맑은 정신세계는 그 어느 것보다도 따뜻한 온기를 어미의 가슴에 피어나게 한 듯싶다.

따뜻함이라는 것. 이른 아침, 아이의 방에서 손끝으로 온기가 감각되어지 는 순간, 나는 가슴 깊은 곳에서부터 뜨거운 모성이 아침 햇살로 피어나 자 식을 낳고 길러온 어미의 행복이 무엇인가 느낄 수 있었다. 자식의 꿈이 닿 는 일이라면 어떤 고난의 경지도 견디어 낼 수 있다는 각오는 모든 어버이의 공통된 마음이다. 단잠에서 깨어난 아들의 이부자리에서 채취한 체온의 따사로움이 사랑이 되고 다시 행복을 느끼게 하듯 따스함이라는 것은 어떤 빙산의 결빙도 녹여 내릴 수 있는 온기를 소유한 위대한 힘이라는 생각을 했다. 어떠한 어려운 처지도 능히 뛰어넘을 수 있는 정신작용의 뿌리가 되는 사랑인 것이다. 밤새 몸을 감싸주던 이부자리가 몸속의 체온을 받아들이고, 그 체온이 외부로 손실되지 않도록 감싸주는 사랑의 손길이다.

　손과 손이 맞잡을 때 전달되어지는 온기. 마음과 마음이 함께 모일 때 교류되어지는 온기. 견디기 어려운 냉기류 속에서 벌거벗은 몸을 지탱하기 위하여 갈망하게 되는 온기인 것이다. 추운 겨울밤 따뜻한 차 한 잔이 입속을 지나 목젖을 타고 내릴 때에 나는 그 같은 따사로움을 온몸으로 음미하게 된다. 봄날 뜰 안에 내린 정감 어린 햇살의 보드라움을 호흡하게 한다. 찬바람이 만물을 얼어붙게 하던 지난해 겨울의 한파는 사람의 마음까지 옴츠려 놓았지만, 지금은 따뜻한 기운이 온 누리에 감돈다. 마른 풀잎 하나에게도 사랑의 눈길을 보내고 싶은 계절. 따뜻한 새싹이 돋아나듯 마른 감성에 사랑의 싹이 눈을 뜨는 신비의 계절이다. 가지를 헤집고 꽃의 신을 불러 앉히는 봄의 햇살은 따사롭게 가슴에 스며들어 사랑을 빚는다. 따뜻한 바람을 일게 한다.

생명의 눈뜸

거실 창가에 놓아두었던 작은 화분 속 화초 하나가 새로운 생명의 힘을 내어 보였다. 높은 실내 온도가 봄을 미리 불러 앉힌 탓이다. 겨우내 움츠렸던 마른 줄기에 연록의 잎새로 기지개를 켜며 솟아 올린 것이다. 화초의 이름은 남쪽 어는 섬 지방에서 자생한다는 '마사출'이다. 길게 줄기를 내려뜨리고 봄이면 윤기 어린 잎새를 줄기 사이사이에 내어놓았다가 가을이면 빨갛게 단풍을 들인 다음 앙상한 가지로 겨울을 맞는 것이다. 그리고 봄이 되면 그 마른 가지 사이로 반지르르 윤기를 머금고 영롱한 별의 눈빛 같은 새 생명의 신비를 탄생시킨다. 마사출은 지금 겨울 속의 봄을 맞고 있는 것이다. 생명의 눈뜸이다.

대문 밖 돌계단 아래 시멘트 사이에서 매몰찬 추위를 견디며 생명의 존재함을 안으로 다독이던 풀 포기 하나를 만났다. 살을 에는 한파도 아랑곳없이 오직 한 자리를 지키며 숨죽여 생명을 안고 있는 그의 모습이 언제나 눈에 밟히곤 했다. 하나 겨울답지 않은 이상 기온이 이어지던 며칠 전 애처롭기 짝이 없던 그의 얼어 헤어진 잎새 사이 그 깊숙한 곳으로부터 파릇한 빛의 생명의 끈 하나를 경이롭게 만날 수 있었다. 영상의 기온을 맴돌던 며칠 동안을 그는 봄볕이라도 마중하듯 성급히 새잎을 펼쳐내고 있었던 것이다. 맑고 싱그러운 잎새였다. 그러나 다시 한파는 몰려와 뾰족이 얼굴을 내어 밀던 새 생명 위에 혹독한 매질을 가하며 내려앉았다. 헐벗은 가슴을 움켜쥐고 새로운 생명의 힘을 펼쳐 내려던 그의 시선을 나는 분명 마주하고 있었으나, 지금은 그의 해맑은 모습을 만날 수 없다. 파릇이 돋아나던 청순한 의지를 만나기 위하여 나는 허리를 굽혀 쭈그리고 앉아 누렇게 묵은 잎을 헤쳐 보았지만 새 생명의 기운은 보이지 않았다. 얼마나 깊이 고개를 숙여 생명의 힘을 감추고 있는 것일까.

어쩌다 화초라는 이름을 지니게 되어 거실 중앙에 보기 좋은 모습으로 따뜻이 앉아 있는 마사출을 바라보면, 대문 밖 소외된 곳에서 혹한의 한파를 견디고 있는 강인한 의지의 생명 하나를 떠올리지 않을 수 없다. 전신이 꽁꽁 얼어붙는 추위 속에서도 끝내 생명을 버리지 않고 숨죽였다가 돌아올 봄을 기다리고 있는 풀포기 하나의 의지를 버릴 수 없는 것이다. 가끔 나는 내게 주어진 생명의 힘을 알뜰히 가꾸어 보다 좋은 나무로 성장시켜야 된다는 사명감을 느낄 때가 있다. 생명을 지켜 나아감에 있어서는 사랑과 미움과 기뿜과 고통을 함께 체험하며 이끌어 나아가지 않을 수 없는 일이지만 때로는 감당할 수 없는 슬픔과 고통 속에서 생명의 힘을 맥없이 놓고 싶은 유혹을 잘 견디어 왔다는 생각이다. 삶을 스스로 포기하는 사람들이 근래에는 잦은 편이지만 고통과 슬픔을 거치지 못한 우리의 삶은 폭풍을 견디지 못하는 돛단배와 같이 연약하기 짝이 없는 일이 아닐 수 없다. 때문에 삶은 폭풍우의 언덕으로, 미풍의 황금들녘으로 우리의 현실을 끌고 가는 모양이다.

대문 밖 이름 없는 풀포기 하나가 엄동설한에 그 엄청난 한파와 싸우고 있는 것은, 다가올 봄날의 햇살과 훈풍을 맞이할 인내가 있기 때문이다. 영하 15도의 혹한에 온몸을 발가벗겨 대문 밖에 나를 내어놓았을 때 내 생명은 온전하길 기대하지 못한다. 하지만 손바닥 반의반 크기의 작은 몸체의 풀포기 하나가 어찌하여 그처럼 엄청난 동장군과 싸울 수 있는 것인지, 생명의 불씨를 간직할 수 있는 것인지. 하루에도 몇 번씩 대문을 오고 가며 그의 가슴을 열어보고 있다. 비록 작은 생명체라 하지만 자신을 지키고 가꾸는 데는 혼신을 다하여 정성을 쏟고 있다. 때로는 뿌리 끝까지 생명의 힘을 내어놓았다가 어느 날은 목젖 가까이 올려놓기도 하면서 다가올 봄날의 햇살을 기다리고 있는 것이다.

누구는 지금 남보다 한 발 앞서 봄을 맞고 있다. 하지만 그는 앞서 맞은 봄날의 햇살만큼 한 발 앞서 한겨울의 추위도 맞이해야 할 것이다. 어쩌면 내 혈맥을 타고 흐르는 내 생명은 온전히 내 것이 아닐 수 있다. 내 안에 있는 생명이 오히려 나를 유지하여 나를 거느리고 있을지 모른다. 봄이 머지않았

다. 파릇파릇 생명을 돋아 올릴 대문 밖 풀포기 하나의 새로운 생명 탄생을
가슴 벅찬 기쁨으로 맞이해야겠다. 그 찬란한 봄볕 속에 일어설 생명의 밝은
빛을 상상한다.

문門

꿈틀거리며 흙을 돋아 올리던 연둣빛 순筍이 지구의 표피를 뚫고 고개를 들어 불쑥불쑥 줄기를 치켜세웠다. 그 봄날의 열망이 가지를 뻗어 여름 한낮 그늘을 만들고 있다. 가끔은 동강난 햇살도 쉬어가고 소나기도 머물다 가는 곳, 그 그늘 밑에 서성이는데 얇은 바람의 손이 젖은 마음 자락에 내려 앉아 등을 도닥이고 있다. 어머니의 따뜻한 음성처럼 살갗을 스치는 바람의 결에 눈을 감는다. 삶은 한 겹의 햇살과 한 겹의 구름에 이는 시간 위에 흐르는 것, 딛고 일어서 묵묵히 한 겹의 지평선에 닿는 일이다.

전자동 문이 열리고 문이 닫히는 대형 상가에 들어가 눈이 이끄는 대로 물품을 고르고, 깊은 바닷물 속 인파를 헤치며 유영을 한다. 너도 나도 각자의 생각들에 여념이 없이 스치고 흐른다. 한 겹의 물결이 온몸을 휩쓸고 지나는 일, 순식간에 한 대의 배달 오토바이가 경적도 없이 지나간다. 바다는 가쁜 숨을 쉬며 품 안에 존재하는 모든 대상들을 끌어안고 있다. 하루 내 고운 숨으로 일어서 무한의 꿈으로 내달리는 맨발의 나부낌, 단아한 꽃 한 송이 피워내기 위해 머리끈 동여매고 땀을 흘리는 젊은 여자의 미소가 아름답다.

빛이 스며드는 창가에 선다. 외부와 내부를 소통하는 한 줄기 바람과 한 점의 구름, 한 뼘의 햇살을 마시는 일 모두, 종래에는 흙의 문을 관통하여 뿌리 깊은 굵은 한 그루 장미꽃 순한 입맞춤의 까닭에 이르는 일이다. 뛰어오고 뛰어가는 너와 나의 몸짓이 아름답다. 긴 장맛비에 무성히 자란 창밖의 푸른 잎들을 바라본다. 이른 아침의 엷은 바람 끝에 흔들리고 있다. 배불리 마신 식욕으로 탱탱한 낯빛이다. 소철, 관음죽, 마사출, 러브체인, 소엽풍란, 대엽풍란, 한 쌍의 미니 소나무 분재가 건재하다.

낙엽귀근落葉歸根

　　단풍의 시간이 지고 있다. 눈부신 환희의 불빛이 저물기 시작한다. 온 산과 들을 채색하던 계절의 손길이 뚝뚝 가지에서 떨어지고 있다. 떨어져 내린 꽃잎을 주워 책갈피에 끼우던 시간을 되돌려 감잎 하나를 주워본다. 아직은 절정의 빛깔을 내려놓지 못하는지 물기가 두텁다. 생의 미련처럼 물고 있는 이 도톰한 물기는 나뭇잎의 역사일 것이다. 연록의 생명이 순으로 태어나던 봄날의 신비와 가슴 부풀어 오르던 꿈들의 내력이 스며난다.

　　낙엽귀근落葉歸根의 순리를 시작하는 모양이다. 아직 떨어져 내리기엔 너무 아름다운 색감 하나가 또 가지에서 땅으로 내려앉고 있다. 몇 점의 바람이 위무인지 몸을 흔들어 온통 붉은 낙엽을 땅바닥에 쓸어안는다. 어느 신실한 신앙인의 기도인 양 낙엽은 조용히 몸을 낮춰 흙의 살갗 위에 스며든다.

내 부모가 그랬듯이, 내 부모의 부모가 그랬듯이 순연한 몸짓으로 기원하고 있다. 이 작은 육신이 마지막 닿아 머물 곳은 한 줌의 옥토가 되는 일.

　다시 또 앙상한 나목의 시간을 준비하고 있는 나무는 수백 년을 거듭 동토의 겨울 묵상에 들어도 여전히 생멸生滅의 의미를 헤아릴 것이다. 살을 에는 삭풍의 계절, 몸에 걸쳤던 속세의 모든 가치들을 내려놓으며 참선에 들 것이다. 꽃으로 지녔던 영화, 열매로 다스리던 몇 알의 결실들 다 내려놓고 나무는 면벽기도에 들 것이다. 무엇을 쥐고 무엇을 놓아야 했는지. 가지를 물들이던 단풍잎과 저토록 냉정하게 이별하는 까닭도 진리를 구현하기 위한 큰스님의 설법일 것이다.

교향곡 마지막 악장

　　10월은 가슴 싸한 바람이 옷깃을 파고들며 허허로운 공허를 시간의 한 귀퉁이에 심어 놓곤 한다. 과수원의 사과나무는 저 맑은 햇살로 붉은 열매를 가지마다 메어 달고 있는데, 가슴은 어떤 햇살의 칼날에 베었는지 시리고 아프다. 불현듯 찾아오는 이 불청객은 얼마나 머물다 갈지 알 수 없지만, 계절은 너무나 정직하게 지난해의 그때처럼 붉은 단풍의 옷으로 세상을 아름답게 물들일 것이다.

　물들고 지는 일은 무엇일까. 마음 한 자락이라도 더 간직하기 위하여 종일토록 가을볕에 앉아 빛을 바라던 나무의 낯빛이 불그스레 울음을 머금고 있다. 서녘해가 저리 붉은 것은 머지않아 서산 너머로 흔적을 지우고 사라질 하루의 시간이 남긴 아쉬움 때문이다. 곧 다가올 조락의 시간을 예감하고 있는 나무와 잎새가 감당해야 할 이별의 아픔을 저리 말하고 있는 것이다. 시월은 하루가 다르게 나뭇잎의 울음이 붉다.

온몸으로 쏟아내는 교향곡 마지막 악장의 경쾌한 피날레처럼 단풍빛 처연한 시월의 산천은 붉은 울음으로 가득할 것이 분명하다. 저 웅장한, 저 비장한 울음소리를 듣기 위해 사람들은 귀를 열고 숲의 음악당에 달려가는 모양이다. 세상에서 가장 아름다운 빛깔의 슬픔을 울고 있는 나뭇잎의 연주를 위해 산은 스스로 집을 짓고 청중을 모아 감상할 수 있도록 특별한 장소를 마련하고 있다.

지는 아름다움이다. 시월은 지는 아름다움의 가치를 세우기 위해 가장 빛나는 옷을 입고 가장 위대한 빛의 음악을 연주하고 있다. 너와 나의 거리를 나누는 이별의 아픔이 아픔이 아니도록 두 볼 가득 눈물을 떨구며 입가엔 가득 미소를 짓고 있는 붉은 단풍잎을 본다. 계절의 슬픔, 떨어져 내려야 하는 조락의 그늘 앞에서 웅장한 교향곡 마지막 악장의 피날레를 듣는다. 붉은 진주 빛 환한 눈물을 본다.

지연희 수필선집

생각의 밖에서

05

기쁨

태양의 꽃

머지않아 장마가 시작된다는 기상청의 보도이다. 뒤이어 한증막 같은 무더위를 맞이해야 한다. 불볕 여름의 시작이다. 여름은 강렬한 젊음의 계절이며 스무 살 청년의 숨결처럼 뜨겁다. 거침없는 미래지향적 도전정신이 충만한 젊음은 무엇이든 이룰 수 있는 용기를 지녔다. 때문에 작은 열매를 튼실하게 키울 수 있는 계절이다. 계절이 계절의 옷을 입고 시간의 레일을 타고 흐르다 보면 어제인 듯 지나간 봄날도 다시 찾아오겠지만 빛의 속도로 스쳐 지나간 젊음의 계절은 아련한 그리움이 된다.

무슨 일이거나 시간을 바꾸어 꿈을 꾸다 보면 설계도 하기 전에 다 이룰 것 같은 가슴 벅찬 이상의 나래를 펼칠 수 있는 게 젊음이다. 이것이 젊음의 가능성이다. 이상은 높여라 그래야 산의 중턱을 넘을 수 있다는 위인들의 말씀을 믿는다. 시간은 묵은 것을 지워버리는 속성이 있어 오늘 꿈꾸는 일이라면 지금 이 순간을 놓치지 않아야 한다. 그럼으로 하루라도 빨리 그 꿈을 성취할 수 있다는 것이다. 평균 수명이 연장되어 육십 줄의 나이에도 늙지 않은 사람들이 많다. 좋은 시대에 살고 있다는 프리미엄이 아닐 수 없다.

20대의 욕망은 아니더라도 가슴 뜨거운 꿈의 실현을 위한 시니어들의 맑은 하늘빛 이상이 실현되는 모습을 확인하게 된다. 아흔 살의 노인이 젊은 보디빌더의 근육질을 만들어 보이고 팔십 중반의 노 명예교수가 시인으로 문단에 등단하여 두 권의 시집을 출간하였다. 용광로의 불꽃 같은 욕망의 계절이다. 연록의 나뭇잎들이 진한 녹음의 숲을 풍성하게 만들고 있다. 한여름 뜨거운 태양의 꽃으로 입증된 열매를 튼실하게 키워 돌아오는 결실의 가을을 풍요롭게 할 것이다.

철로길 옆

봄바람이 제법 얼음바람처럼 살갗을 파고드는 날이다. 그럼에도 남녘에서 전해오는 매화꽃 소식이 은은한 향기를 실어오고 있다. 봄날이 대문을 열고 거실 문턱까지 넘어온 사실은 분명한데 몸으로 맞이하기가 쉽지 않다. 어느 해인지 사월의 눈보라를 경험한 일이 있어 섣불리 실내에 들여놓던 화분을 거실 밖에 내어놓는 일조차 망설이게 된다. 얼마 전 동네 골목길 담벼락에 기웃거리는 햇살이 병아리를 품고 있는 어미 닭의 깃털 같아서 입고 있던 옷 한 겹을 벗어냈다가 깊은 감기로 고생한 적이 있다. 겨울에서 봄으로 잇는 통로는 굴곡진 비탈길을 닮았다.

바람이 제아무리 얼음세례를 퍼붓는다 해도 나무는 자신에게 주어진 예정된 시간을 놓치지 않는다. 인천행 전동차를 타고 마지막 종착역인 하인천에 다녀오는 길이다. 시간에 쫓기어 마음 급하게 가던 길에 보지 못했던 차창 밖 스치는 풍경을 눈에 담는데 가득한 봄의 낯빛을 훔치고 말았다. 철로 길 옆 소담한 집 담에 기대어 뿌리를 내린 목련나무 한 그루가 화안한 순백의 꽃송이를 가지 가득 입에 물고 맑은 미소를 짓고 있다. 시간의 속도로 스쳐 지나가 버린 차창 밖의 목련나무는 이제 막 산고를 치른 거룩한 어머니의 모습이다. 지난겨울 살을 에는 삭풍을 맨몸 맨발로 견디고 꽃을 피워 이룩한 생명 탄생의 경이로움이다. 가느다란 가지가 겪었을 한파의 신음이 들리는 듯하다. 우-우 윙-윙, 어머니는 그 잔혹한 겨울의 칼날을 깊은 침묵과 인내로 견디셨다. 땅속 깊은 흙을 맨손으로 움켜쥐고 흔들리는 뿌리를 지탱하기 위해 얼마나 혼신을 다하셨을지- 티 없이 맑고 순연한 아기 새의 눈망울 같은 목련꽃 송이송이는 봄의 전령처럼 봄을 기다리던 사람들의 가슴부터 열고 있다. 맑은 신비로 얼어붙은 세상을 열고 있다.

수확의 기쁨

긴 가뭄 끝에 전국을 휩쓴 장마가 삼복의 대지에 퍼붓고 있다. 습기를 동반한 우기의 연속은 농부의 갈증을 다독이기에 충분했다. 그러나 지역에 따라 장마의 정도는 구분되지만 충북 청주의 수해는 도심의 생명수인 무심천을 범람하게 하고 수많은 수재민을 발생시켰다. 여름철이면 한바탕 겪어야하는 목마름과 장마이지만 삶은 기대하는 대로 쉬이 성취되지 않는다는 것을 매번 터득하지 않을 수 없다.

손안에 드는 작은 화분에 소나무 분재를 키우고 있다. 제법 수형이 원만하여 정성을 쏟은 지 3년이 된다. 지난 가뭄의 시간 중에도 워낙 예민한 이들의 낯빛을 살피며 가벼운 전지와 습도를 조절하며 정성을 다했다. 하지만 아무래도 가장 왕성하게 살을 찌우던 한 그루의 소나무가 윤기를 잃고 있는 게 확연했다. 제아무리 집중적인 관심을 보여도 나날이 기력을 잃는 게 분명하다. 생명을 놓아버리는 데는 한순간이었다.

지속된 가뭄의 시기 단 하루 방관한 사이 치유할 수 없는 땡볕의 목마름으로 생명을 잃고 만 것이다. 얇은 분재 화분 속 몇 가닥의 뿌리를 덮은 흙으로 끓어오르는 성장을 억제하고 생명을 지키는 일이 쉽지 않았을 것이다. 어떤 일이거나 순간순간의 정성으로 소귀의 목적에 닿게 되는 것이 삶의 질서이다. 그 같은 최선의 시간은 농부가 지키는 수확의 기쁨에 이르게 한다. 어느 날은 반짝이는 눈부신 햇살을 맞기도 하고, 어느 날은 억수같이 퍼붓는 소나기를 피할 수 없는 것이 삶의 내력이다.

폭풍의 언덕 너머

봄날의 햇살이 눈부시게 맑다. 가지마다 봉긋봉긋 솟아 올린 저 순백의 목련꽃 송이 위에 내려 앉아 계절의 무늬를 수놓고 있다. 따사로운가 하면 서늘한, 그러나 햇살의 눈빛은 자못 인자하다. '그간 수고 많았어.' '잘 견디어 주어 고맙다.' 등 도닥여 주는 위로의 몸짓이다. 봄은 겨울의 흔적 위에 그리는 수채화 같아서 그 어느 해를 돌아보아도 파르르 떠는 병아리의 솜털처럼 한기를 느끼지 않을 수 없다. 다만 햇살의 무늬가 고와 두터운 외투 하나 벗는 날이면 살 속 깊이 파고드는 바람의 시샘으로 고생하기 쉽다. 봄은 온갖 생명이 부활하는 계절이다.

거무레한 나뭇가지마다 들리는 심호흡, 눈에 띄는 파르스름한 물오름의 빛을 눈으로 듣는 봄이다. 마라톤 주자가 혼신을 다해 결승선에 도달해야만 꽃을 피울 수 있듯이 온갖 생명들의 강인한 의지를 본다. 척박한 땅 도심의 골목길 어쩌다 드러난 흙을 비집고 겨울 냉이들이 줄지어 숙였던 고개를 들고 속살을 펼치고 있다. 겨우내 휘몰아치던 한파를 견디느라 잎새들은 검푸른 낙인을 몸으로 안고 있다. 기지개를 켜며 생명의 숨을 한껏 호흡하고 있는 도심의 뒷골목 냉이들이 대견스럽다.

버려진 화분 속 생명 하나가 남몰래 숨을 키우다가 마른 가지에 싹을 틔우고 있다. 삭풍으로 지친 검은 낯빛의 가로수 가지들에게 한 아름 햇살들이 모여 인공호흡을 시키는 중이다. 여기저기 잠든 생명의 눈을 틔우느라 햇살의 분주한 걸음을 본다. 얼음장같이 차디차기만 했던 바람도 한결 따뜻해졌다. 봄은 한차례 폭풍이 몰아치는 언덕을 감내하고서야 맞이하는 푸른 초원이다. 이제 곧 광활한 푸른 초원의 빛이 펼쳐지고 온갖 꽃들의 잔치가 벌어질 모양이다.

내일을 설계하는 시간

 한 해를 보내고 맞이하는 일은 경건한 성찰의 의미를 지닌다. 지녔던 시간의 흔적을 돌아보며 내게 맡겨진 일들을 충분히 수행하였는지, 혹은 어쩔 수 없었다 하더라도 누군가에게 마음 아프게 한 일들은 없는지 짚어보게 한다. 새해 새날을 징검다리로 넘어가야 하는 12월은 그만큼 깊은 묵상의 시간이다. 그러나 지난 어느 12월도 완벽한 삶으로 충만한 내일을 꿈꾸게 하지 않았다. 후회와 절망과 미련을 잡고 몸을 추슬러 새로운 내일을 설계하게 된다.

 온통 사회정치적 혼란에 빠져 사는 대한민국의 오늘은 순수의 믿음에서 불신의 좌절로 분노하며 거리로 나와 촛불을 들고 있다. 신중을 기하지 못한 사고판단, 단호하지 못한 인식의 허술한 처사가 국가적 아픔을 야기 시키고 말았다. 상처는 다시 봉합되겠지만 흔적은 남는다. 도려내고 싶을 만큼 부끄러운 역사로 남아 평생을 후회하게 할 것이다. 잘 살아내는 일이 쉽지 않다는 생각이지만 최소한 나를 낮추고 너를 배려하며 사는 일이 오히려 쉽다고 믿는다.

사흘 전 얘기치 않게 어미를 잃은 두 남매가 침묵 속에서 눈물을 흘리며 조문객을 맞이하고 있는 모습을 보았다. 열다섯, 열일곱의 남매가 청천벽력으로 감당해야 할 슬픔은 가슴 미어지는 아픔이었다. "아무도 없는 집 엄마 혼자 고통을 견디며 죽음에 이르게 해서 미안하다."는 아들의 오열은 생사의 갈림길에서 온전치 못한 우리 모두가 아픔으로 맞이하고 필연적으로 감당해야 할 일임에도 안타까워했다. 그러나 내일은 적어도 새해에는 이들 남매가 슬픔을 딛고 일어서 용기 있는 삶을 살아내는 시간들이었으면 기도한다.

매화꽃 향기

완연한 봄의 기운이 사뿐한 햇살로, 감미로운 바람결로 온몸에 스며들고 있다. 길모퉁이 질펀하던 겨울의 흔적이 시든 꽃잎 같은 이즈음 환한 내일을 열어줄 햇살의 온도가 조금씩 상승되어 마냥 감사할 뿐이다. 봄은 늘어진 어깨를 치켜 올리는 어머니의 등 도닥임이다. 겨우내 움츠렸던 몸을 풀어 기지개를 켜는 희망이며 꿈의 첫걸음이다. 멀리 제주에는 이미 매화꽃 향기로 봄을 한껏 품어 안고 있다는 전갈이다. 공연히 가슴이 부풀고 알 수 없는 기쁨이 새 삶의 문을 열어젖히고 있다.

간혹, 봄의 가슴속 내밀한 이야기를 들여다볼 때가 있다. 한겨울 혹독한 삭풍과 마주 서서 침잠이 고개 숙이며 감내했을 갸륵한 인내가 아름다워서다. 종래에는 가슴 깊이 품었던 새 생명 탄생의 사명 때문이었을 것이다. 봄은 만물의 근원이며 숨죽였던 생명을 다시금 일으켜 세우는 깃발이다. 어머니의 씨방에서 조금씩 생명의 순을 돋아 올리는 거룩한 울림이지 싶다. 이 신비의 울림을 체득하기 위해 겨울의 시간에 숨어 숨죽이던 세상 모든 씨앗들은 초탈의 투신으로 앙상한 뼈대마저 남기지 않는 모양이다.

한낮이 저물고 서녘에 서서 남은 햇살을 소진하고 있는 앞집 건물의 벽에 기댄 해그림자를 바라본다. 눈부시게 맑다. 조용한 침묵의 해그림자를 바라보며 봄이 이미 마음속에 머물고 있음을 느낀다. 감각이란 촉감보다 걸음이 앞서는지 손가락을 사물에 가져가지 않아도 순간의 섬광처럼 다가선다. 건물 벽에 머물던 햇살이 사라져 버렸다. 어느새 해는 서산으로 몸을 감추고 해를 품은 산이 볼그레하게 낯을 붉히고 있다. 봄의 낯빛이다. 동추 주영준 한국 화가의 한지에 채색한 홍매화처럼 맑다.

마른 뿌리

가뭄의 논과 밭은 폐허의 잔상처럼 을씨년스럽다. 초하의 목마름으로 시작된 현상은 농부의 가슴까지 불을 지피고 말았다. 장마전선이 다가서고 있다지만 때늦은 빗줄기가 혹여 강둑의 경계를 넘어설지도 모른다는 생각이 앞선다. 적당한 양, 적당한 정도로 깊어지고 물들기가 싫지 않다. 그러나 신기한 일은 잎이 말라 생명의 힘이라곤 보이지 않던 마른 화분 속에서 뾰족하게 새 생명 하나가 고개를 들고 있다는 사실이다.

마른 뿌리의 근원 속에서 생명의 촉수를 돋아 올리며 되살아난 생명의 힘은 무엇일까 생각한다. 모든 살아 있는 존재들은 살아야 할 의지를 키우며 살아내기 위하여 온갖 정성을 본능적으로 기울인다고 한다. 어떤 초탈의 의지를 세워 그 부석부석한 마름의 근원을 딛고 일어설 수 있었을까. 잎 한 겹 살아남지 않아 저만치 밀어 놓은 동양란 보세 화분에서 새 생명의 눈이 별빛처럼 솟아오르고 있다.

갈증으로 목이 말라 숨을 헐떡이는 갈라진 논과 밭의 생명들이 온 힘을 다하여 생명의 촉을 피워낼 수 있었으면 기도한다. 몸으로 내장한 모든 사력을 모아 웅크리고 있다가 그 가뭇없는 절망을 헤쳐 일어설 희망을 맞이할 수 있었으면 한다. 버려진 화분 속에서 일어서는 연둣빛 눈망울 같은 거룩한 생명으로 꽃을 피우고 열매를 매어달 수 있기를 기원한다.

사과 꽃 흐드러지면

　　한가위가 지나고 조석으로 찬 바람이 불기 시작하더니 이제 제법 쌀쌀하다. 그러나 한낮은 아직 땀으로 등을 적시는 이상기온이 이어지고 있다. 온 산야를 물들이는 단풍의 시간도 아직은 먼 곳에 있고, 다만 과일 가게마다 즐비하게 진열된 과실과 마주칠 때면 가을의 향기를 맡게 된다. 유난히 붉은 사과들이 윤기를 머금고 쌓여있다. 대여섯 살 배기 아이들의 눈망울을 연상하게 되는 그들을 바라보는데 불현듯 과수원의 사과나무가 붉은 등불처럼 떠오른다. 그리고 지난봄 그처럼 흐드러지게 피어나던 사과꽃 향기가 코끝에 스며들기 시작한다.

　　충주 노시인이 사는 농지는 온통 사과밭이었다. 까마득히 펼쳐진 사과나무 행렬은 가지마다 눈부신 꽃송이를 피워내고 온몸 가득 꽃비를 내리는 장관을 보여주었다. 피고 지는 꽃잎의 시간 속에서 한참을 황홀이 젖고 있는데 불쑥불쑥 꽃잎 떨어진 자리마다 입덧의 신음이 들리기 시작했다. 생명의 씨앗들을 배태하는 진통이었다. 꽃은 생명의 어머니이고 나무는 그 어머니를 위한 헌신의 몸으로 피와 살을 가지마다 나누고 있었다.

서리가 내리는 가을 이즈음 사과나무는 층층이 늘어진 가지마다 셀 수없이 많은 열매를 메어달고 있다. 사과나무 한 그루마다 천 개도 넘는 열매들이 어미의 젖줄에 매달려 자양분을 빨고 있다는 생각에 이르자 갑자기 숙연해졌다. 땅끝에 닿을 듯 주렁주렁 열매를 매달고 있는 가지는 마치 무거운 등짐을 지고 언덕길을 오르는 등 굽은 아버지 같았다. 한 그루의 나무가 천 개가 넘는 열매들을 감싸며 가지가 휘도록 감내하고 있는 모양은 가없는 어버이의 사랑이다. 살 속 뼛속의 진액까지 온전히 내어 주어 이룩한 희생이 아닐 수 없다.

해마다 사과나무는 가슴 깊이 꽃잎을 열어 소중한 생명을 키워내고 있다. 꽃은 생명의 근원이다. 그 지극한 사랑이 달콤한 살이 되어 만인의 입맛을 향기롭게 하는 살신공양의 연을 잇고 있는 것이다. 가슴에 품은 어린 아기에게 젖을 물리는 어머니의 가없는 헌신을 사과나무가 실천하고 있다. 한 알의 사과가 그토록 달콤한 까닭도 혼신으로 전해준 어머니의 젖줄 사랑 때문이다. 받아 마시기만 하는 넘치는 사랑이 이 가을을 풍요롭게 하는 모양이다. 가을은 도처에 꽃의 사랑으로 가득하다.

꽃은 피어난다

12월 지하철 역사에 들어서게 되면 빨간 산타할아버지 모자를 쓴 구세군의 종소리를 듣게 된다. 지난해의 그때처럼 다시 또 한 해의 끝에 머물고 있다는 자신을 돌아보게 되는 자성의 시간이다. 365일 지난 시간의 나는 내게 주어진 삶을 충실히 살아왔을까, 혹여 게으름 보이거나 해야 할 일에 직무유기는 없었는지 거울을 비추어 보는 일이다. 삶은 늘 아쉬움을 동반하는 일이지만 최소한 내 삶이 붉게 물든 단풍잎처럼 절정의 아름다움으로 물들 수 있어야 했었다.

오색단풍의 잎들을 가지 가득 불꽃으로 메어달았던 나무 한 그루의 앙상한 비움의 시간을 짚어본다. 수도승의 면벽기도 와도 같은 거룩한 오체투신이다. 온몸을 던져 얻고자 하는 것은 무엇일지 나무는 가지마다 풍성하게 지

넜던 결실의 흔적들 빈틈없이 내려놓고 마른 입술로 아미타불을 노래하고 있다. 삶의 진리를 깨우친다는 일은 태초부터 맡겨진 각자의 숙명대로 충실히 살아내는 일임에 분명하다. 키 큰 나무이거나 키 작은 나무이거나 제 몸에 맞는 삶을 지켜내는 일일 것이다.

나의 삶은 그 누구도 대신할 수 없는 개별적인 행로에 따라 걸어가고 있다. 한 해 한 해 거듭된 삶의 크기대로 가끔씩 깨달음과 반성의 시간을 반복하며 존재하고 있다. 그리고 오늘 우리 앞에 놓여진 12월은 생의 끝이 아니라는 것이다. 우리의 미래는 절망과 실의의 시간 위에서도 언제나 우리를 기다리고 있어 아름답다. 때문에 우리의 삶이 제아무리 그물에 건져 올리어진 하찮은 것일지라도 어제보다 나은 오늘이었다면 분명 내일의 성과는 빛나는 햇살 위에 반짝일 것이라는 믿음으로 행복해 해야 한다.

따사로운 빛살을 머금은

바람이 제아무리 혼신을 다해 유리창을 흔들어도, 따사로운 입김으로 유리창을 비추는 햇살을 밀어내지 못한다. 참으로 차고 매운 시간들이 겨울이라는 계절 속에서 몸을 움츠리게 하던 한파였다. 믿음이 부서지고 신뢰가 무너지는 인면수심人面獸心의 사람들처럼 계절은 마음 가난한 생명들을 아프게 했다. 산천은 얼어붙고 앙상한 나뭇가지 끝에는 비수와도 같은 얼음조각들이 살갗을 베일 듯 날을 세우고 있었다. 그러나 잠시 한순간의 폭풍처럼 그렇게 시간은 흐르고 눈을 뜨기 무섭게 지금 우리는 유리창에 스민 봄을 맞이하고 있다.

산기슭 잔설의 몸을 비집고 피어난 봄의 전령사 복수초 꽃망울이 노오란 햇살처럼 맑다. 저 맑은 웃음 뒤에는 어미 잃은 아기 고양이의 슬픔이 스몄

냐는 듯 대견스럽다. 새끼들이 아직 젖을 떼기도 전 어둠 속 차도를 건너 먹이를 동냥하던 어미 길고양이가 두 다리에 부상을 입고 말았다. 어미는 겨우 새끼들 곁으로 돌아왔지만 얼마 지나지 않아 숨을 내려놓고 말았다. 숨진 어미의 품에서 굶주린 아기 고양이들은 쌓인 눈을 헤집고 생명을 키워 꽃을 피워야 했던 복수초의 굳건한 생존의 의지와 다르지 않았다.

숨을 내려놓은 어미의 품을 파고들며 몇 날 며칠을 구슬피 울어대던 어린 아기가 보호시설에 맡겨지고 해외에 입양되더니 튼실한 성인이 되어 고국에 돌아왔다. 뿌리를 찾아 서울을 방문한 그 아기는 20대 중반이 되어 IT계의 전문인이 되었다. 삭풍을 딛고 노오란 꽃잎을 피워낸 복수초의 꽃봉오리가 그토록 맑고 청초한 것은 어떤 고난도 이겨낼 수 있었던 굳건한 의지 때문이다. 이국의 낯선 땅에서 온갖 겨울 한파를 견디고 일어선 아름다운 복수초 꽃송이를 바라본다. 따사로운 봄날의 햇살이 맑은 꽃눈 위에 내려앉고 있다.

생명의 시간

봄이 아름다운 것은 비단 꽃이 피어나는 일만은 아닐 것이다. 온 세상을 거대한 화병으로 삼아 꽃으로 장식하는 일만은 아닐 것이다. 봄은 얼어붙은 마음의 동결을 풀어헤치고 해빙의 강으로 흐르게 하는 생명의 눈 뜸이다. 막힌 굴뚝을 뚫어내듯 온갖 나무들은 가지마다 겨우내 닫아 놓았던 물관을 풀어내어 생명의 물줄기를 솟아 올리게 된다. 흐르던 수맥을 뿌리 깊이 내려놓았다가 봄날이 돌아오면 소통하여 순환시키는 부활의 신비를 나누고 있다.

잃었던 봄을 맞이하는 일, 불현듯 저 먼 세상으로 살아졌던 사람이 어느 날 문득 돌아오는 신비처럼 봄은 경이로운 만남의 축복을 선물하는 계절이다. 누군가를 그리워하며 조금씩 눈을 뜨는 사랑처럼 봄은 부끄러운 듯 조금씩 새순을 피우고, 꽃잎을 여는 일일 것이다. 다시 만나는 기쁨이 저 매화나무 가지에서, 저 진달래, 개나리, 목련의 가지 끝에서 불쑥 불쑥 피어나리라 믿는다. 향기롭고 맑은 부활의 기쁨이다.

우수가 지나고 경칩이 머지않았다. 고적한 간이역 벤치에 앉아 누군가를 기다리듯 가슴 헤도록 고적한 가을, 맹독성의 삭풍겨울의 다리를 건너야만 다시 오는 계절이다. 산뜻하고 감미로운 향취를 싣고 오는 계절을 맞이하기 위해 겨울 창문을 연다. 햇살의 빛을 따라 스며드는 바람도 상쾌하다. 조용히 맨발의 발등 위에 앉는 봄이 인사를 하는 모양이다. 소리 없이 눈을 맞추며 고개도 끄덕이고 있다. 긴 잠에서 깨어나 새 생명 탄생의 기쁨과 감사, 축복을 전하고 있다.

함박눈 내리던 날

이틀 동안의 폭설이 세상을 온통 순백의 영지靈地로 점령하고 말았다. 하늘과 땅의 경계를 허물고 나풀거리는 눈송이들이 순결한 아름다움을 고요하게 장식하고 있었다. 세상 그 어떤 존재보다 가장 맑은 눈빛의 포자를 잉태하여 세상 속 어떤 모순의 껍질마저 치유하기 위한 빈틈없는 유희였다. 검회색 더께로 쌓인 황사 먼지 매연의 때가 오롯이 씻기어진 세상은 눈부신 빛의 천국이었다.

가끔은 마음의 갈피를 잡지 못할 때가 있다. 이렇게 거룩한 이의 은총과도 같은 함박눈이 내리는 날이면 잡히지 않는 생각이 일어서곤 하는데 소리 없는 가슴의 말에 감성의 결이 흔들리고 만다. 평생교육원 건물 강의실 유리창 밖으로 내다보이는 교정에 쌓인 두터운 눈밭이 젊은이들이 비워낸 겨울방

학의 적막을 고즈넉이 그려내고 있다. 대한의 한파 앞에서 간혹 삭풍의 손길인지 눈가루가 엷은 연기처럼 날리고 있다.

광화문 네거리 혼란한 민심을 딛고 일어설 수 있는 정치적 돌파구는 무엇인지 생각하게 된다. 도처에서 일어나 너와 내가 뿜어내는 목소리가 수은주 영하10도를 넘나드는 한파처럼 얼어붙고 있다. 나는 왼손으로 문을 열고, 너는 오른손으로 문을 닫는다는 어느 시인의 언어처럼 '자유'와 '평화'로 은유된 너와 나의 갈등이 봄눈 녹듯 풀리는 용기와 배려가 있었으면 싶다. 눈을 감으니 그리운 이의 따뜻한 음성이 들리는 듯하다.

젊음의 그늘 아래

꽃 진 자리마다 연록의 잎새들이 꽃보다 아름다운 색감으로 계절의 징검다리를 건너고 있다. 온갖 나무들은 그토록 향기롭고, 그토록 화사하게 가지 가득 머금던 축제의 문을 닫고 싱그러운 신록의 언어들을 유창한 어법으로 돋아내고 있다. 계절의 여왕이라고 하는 5월 초입, 반짝이는 햇살의 눈부신 도닥임까지 내려앉는 오늘, 한 그루의 나무는 저 먼 결실의 내일을 향해 혼신의 힘으로 생명의 길을 걸어갈 것이다.

꽃이 피고 잎이 돋아나는 일은 아름다운 멍에로 시작하는 생명의 지난한 길이다. 어머니가 자신의 몸에 사람의 씨방을 만들고 그 안 깊숙한 곳에 열 달이라는 시간으로 완숙시켜 분만하는 태아처럼 한 송이 꽃으로 피어나는 일은 아름다움이었다. 꽃이 진 자리마다 씨알을 머금고 푸르른 나뭇잎으로 감싸 안은 이 거룩한 성장의 길은 튼실한 열매를 맺기 위한 어머니의 교육이었다.

온갖 생명들은 땅속 깊이 뿌리를 내리고 이제 번듯한 모양새로 제 생명의 터전을 마련하고 있다. 조금씩 성장하는 나뭇잎처럼, 조금씩 제 모습을 보이기 시작하는 열매들처럼 생명의 길은 다시 또 반복하는 계절의 시간을 걸어가야 한다. 작열하는 여름의 태양을 지나 가을의 그 풍성한 결실을 위해 나뭇잎은 저토록 연록에서 신록의 빛으로 물들고 있다. 싱그러운 젊음의 그늘을 넓히고 있다.

뿌리의 내력

날씨가 하루가 다르게 무더워지고 있다. 봄날 끝 여름 진입을 알린다는 묵언의 암시이다. 영상 28도, 30도를 넘는 지역이 많다는 기상청의 연이은 보도를 피부로 느끼는 현실이다. 어느새 나무들은 신록의 숲을 이루고 그늘을 만들고 있다. 새들도 울창한 나뭇잎 사이를 분주하게 날아다니며 계절의 풍요를 만끽하는 모양이다. 나무뿌리는 이 왕성한 나무의 성장을 위하여 얼마나 열심히 자양분을 끌어 올려야 했을지 생각한다.

가지 하나를 펼쳐내기 위하여, 잎 하나를 돋아내기 위하여 봄부터 뿌리는 얼마나 고단하였을지. 더 튼실한 힘을 내장하기 위하여 뿌리의 굵기를 키워내고 실낱같은 실뿌리로 나무의 기둥을 안간힘으로 지탱하였을지. 철통같이 단단한 땅속 지층을 맨손으로 뚫어 스스로의 몸을 박는 뿌리의 헌신이 아니고는 하루가 다른 나무의 성장은 기대하지 못했을 것이다.

누군가의 온전한 투신이 아니고는 매사는 아름다운 결과를 성취하기 어렵다. 무엇이 문제였을지 손바닥 크기의 소나무 분재 3그루를 2년 전 사놓고 정성들여 물을 주고 성장과정을 들여다보고 있는데 한 그루가 아무래도 성치가 않다. 똑같은 환경에 함께 자라고 있는 이들 중 유독 저 혼자 말라 시들고 있다는 일은 이해하기 어렵다. 뿌리의 내력이 궁금하다.

목련 곁에서

겨우내 움츠려 있던 목련 꽃봉오리가 새하얀 꽃잎을 열기 시작했다. 완연한 봄날의 햇살과 바람의 숨이 따사로운 까닭이다. 아직은 꽃샘추위가 가끔 제 갈 길을 잃고 간간이 찾아들지만 목련나무는 꿋꿋이 스스로의 할 일에 바쁜 기색이다. 어제 미루어 놓은 개화의 몸짓이 오늘은 한층 부산하다. 환한 순백의 낯빛으로 웃음 짓고 있는 하얀 목련꽃을 바라보며 저 꽃잎의 미소가 쉬이 만들어지지 않았으리라는 생각을 하게 된다. 앙상한 가지로 서서 살을 에는 겨울 삭풍을 각고의 인내로 견디었을 나무의 의지를 생각한다.

현대인의 생활 패턴은 극도의 이기주의 극도의 현실주의로 이재에 밝고 아름다움을 도외시하는 경향이 짙다고 한다. 남을 위해 양보하거나 손해 보는 일을 용납지 않고 부모가 자식의 목숨을 해하거나 자식이 부모의 목숨을 빼앗는 극단적인 패륜도 저지르고 있다. 앙상한 가지만 남은 겨울나무가 참기 어려운 한파를 견디어 내고 남 먼저 꽃을 피울 수 있는 일처럼 아름다움은 없다. 생명으로의 순연한 가치를 저버리지 않고 어떤 역경도 견디어내는 향기로운 의지가 이룩한 결과물이다.

얼마 전 천여 명이 넘는 바둑고수들의 묘수를 통합 데이터화 한 인공지능 '알파고'는 바둑 고수 이세돌과 세기의 대국을 펼친 바 있다. 전 세계의 이목을 집중시키며 치워진 다섯 번의 대국에서 세 번째의 대국까지 패한 이세돌은 알파고가 보유한 정보를 교란시킬 수 있는 묘수를 연구하고 제4국 78수에서 이제껏 그 누구도 실행하지 않은 창의적 신의 묘수를 두고 값진 한 판의 승리를 치룰 수 있었다. 창의적인 것은 가슴에서 머리로 잇는 아름다운 행위이다. 해마다 혹독한 겨울추위를 견디며 순백의 꽃을 피워 올리는 목련나무의 꽃피움이었다. 온밤 내내 창작활동으로 어둠을 밝히는 우리 모두가 짊어질 숙제이기도하다.

지연희 수필선집

생각의 밖에서

06

기도

아카시아 향

갑작스런 변화이다. 그렇게 두꺼운 옷은 아닌데도 오늘은 무더위가 전신에 스며들고 있다. 이틀 전만 해도 목덜미를 스치던 바람의 세기가 한겨울 삭풍 같았는데 실시간으로 급변하는 세태만큼 기온의 변화도 매 머드급으로 돌변하고 있다. 늦은 귀가 이후 실내 공기를 순환시키기 위해 창문을 열었다. 어둠 밖으로 질주하는 차량이 뱉어놓은 소음을 몸을 움직이며 청각으로 잡고 있는데 불현듯 코끝을 스치는 향긋한 정체를 느낄 수 있었다. 밤의 천국, 길 없는 길을 타고 도착한 의문의 향기, 그는 아카시아나무의 꽃 향기였다.

캄캄한 어둠의 동산에 희뿌옇게 흐드러진 아카시아나무의 군락, 동네를 감싸고 있는 산자락의 소묘이다. 송이송이 가슴속 꼭꼭 동여 매였던 사랑일지 그리움일지 일제히 뛰쳐나와 거리를 헤매다가 밤의 창문을 가르기 무섭게 내 후각 속으로 달려든 것이다. 조용히 스며드는 달콤한 음성처럼 가슴을 흔드는 좋은 냄새가 어둠을 환하게 밝히고 있다. 눈을 감고 좋은 냄새의 길을 따라가 본다. 세상에 존재하는 모든 향기는 아름답지 않은 것이 없다. 이 계절과 계절의 교차점 그 길목에 아카시아 꽃향기가 가득하다.

봄기운이 슬며시 시간의 바퀴에 감겨 사라지고 있다. 진달래, 개나리, 철쭉, 목련나무, 벚꽃 모두 눈부신 색채의 옷을 벗고 싱그러운 신록의 커튼을 드리웠다. 연록의 새잎들이 검푸른 윤기를 머금고 활기찬 걸음으로 달려가는 중이다. 머지않은 오월, 아카시아 꽃향기를 누리에 뿌리는 시간은 한 생의 가장 단단한 젊음으로 익어갈 것이다. 봄날의 꽃자리에 맺힌 결실의 시작을 지키기 위해 햇살의 손길은 얼마나 더 은혜로울지. 아카시아 꽃향기가 밤의 창문을 노크하고 있다.

황금물결

삼복이 지나고 입추가 지났는데도 수은주는 내려가질 않는다. 오늘도 서울은 34도씨의 무더위를 감내해야 했다. 내일모레가 처서라고 하는데 쉬이 물러서질 못하는 모양이다. 금년 여름은 분명 살인적인 무더위로 노약자들에는 치명적인 무기와도 같았다. 반면 과일가게에 진열된 과실들의 낯빛은 선명한 윤기로 향기를 품고 있다. 어느 때보다 달콤한 향기로 스치는 발걸음을 머물게 한다. 삶의 바다에 놓여진 조각조각의 의미들을 짚어보면 모두가 각기 지닌 삶의 방식으로 어느 날은 기쁜 일들에 어느 날은 근심·걱정에 젖어 있다.

매일을 기쁨으로 살 수 있다면 매우 행복한 삶이겠으나 오늘의 슬픔이 내일의 기쁨일 수 있다는 기대로 가슴 깊은 아픔을 다독이는 일이 사람 사는 일이다. 견디기 어렵던 무더위도 결국은 처서라는 절기에 밀리고 말아 계절은 지난 그 어느 날의 가을을 손잡고 다가설 것임에 분명하다. 온몸을 비 오듯 적시던 무더위가 과실수들에겐 달디단 생명수였다는 사실은 나의 아픔이 너에게 머물면 기쁨이 될 수 있다는 은혜로움이라는 것이다. 누군가의 헐벗은 가슴을 다독일 수 있는 삶은 축복의 은총이다.

　서서히 저물어 갈 치명적인 여름에게도 무어라 원망할 수만은 없다. 저 뜨겁게 달구어진 햇살들이 나뭇잎을 키우고 숲을 만들어 땀에 젖은 농부의 그늘이 된다. 사과, 배, 복숭아, 포도, 곡식들은 얼마나 알차게 영글어 가는지-. 봄부터 볍씨를 뿌려 모판을 짜고 모심기에 전념하다가 물길을 대어 무논에 키우던 벼들이 이 뜨거운 여름의 땡볕을 먹고 살을 찌워 영글고 있다. 눈을 감고 농부가 그려낼 만면 가득한 기쁨을 생각하게 된다. 알알의 열매로 출렁이는 가을의 결실은 이 무더운 여름의 젖줄로 키워낸 황금물결이다.

생명의 숨소리

가슴 쿵쿵거리며 고개를 곧추 세우고 금세라도 흙을 비집고 솟아오를 듯 발을 구르는 생명의 숨소리를 듣는다. 봄의 문이 열리면 얼마나 많은 생존의 입자들이 눈을 틔우고 경쟁하듯 대지 위에 제 모습의 가치를 세우려는지. 생각만으로도 경이롭다. 세상엔 키가 크고 작은 한해살이 초목들의 광장이 될 것이다. 긴 겨울의 얼음장 밑에서 유유히 흐르는 강물의 숨, 머지않아 꽁꽁 얼어붙은 휘장이 열리고 맑은 하늘이 새소리로 마중하는 날이 되면 초목들도 꽃 잔치 준비로 분주하리라는 생각이다.

출발선에 선 육상선수처럼 맨몸의 겨울초목들은 가슴 부푼 각오로 저 마른 땅의 부피를 재며, 설레고 두려운 세상 열기를 준비하였을 것이다. 얼마나 긴 시간을 견디어 냈을지. 삭풍의 추위를 감내하느라 무시로 스며드는 한기를 마른 갈잎의 옷깃으로 끌어 덮으며 달팽이처럼 몸을 둥글게 말아 고개를 묻곤 했을 것이다. 얇디얇은 생존의 이유가 솟구쳐 오르는 생명의 숨소리 지켜줄 수 있기를 빌었다. 한 알의 씨앗이, 뿌리가 발아되기를 기도하였을 것이다.

　미세한 빛이 지표면을 뚫고 스며들고 있다. 탕! 출발신호가 울리고 튀김틀 속의 옥수수가 펑펑펑 터지고 있다. 불쑥! 불쑥! 불쑥! 수를 헤아릴 수 없는 산모들이 생명들을 분만하고 있다. 파릇! 파릇! 파릇! 온 세상에 퍼져나는 생명의 환희, 지구촌은 온통 아기들의 맑은 울음으로 환하다. 드디어 시작되는 새 세상에 이주한 생명들의 집들이가 울긋불긋 시작되고 있다. 진달래, 철쭉, 목련, 개나리, 벚꽃….

가슴, 따뜻한

새해의 첫날인가 했더니 어느새 한 달이 지나고 있다. 부푼 가슴으로 시작한 신년의 설계가 서서히 톱니바퀴를 굴리며 앞으로 나아가는 중이다. 새해에는 좋은 글쓰기를 기원했다. 좋은 글을 써서 누구보다 먼저 내 자신을 위로하는 일에 투신하겠다는 다짐이었다. 그만큼 신중하게 생각의 깊이를 확대하고 천착하는 시간이기를 바랐다. 얼마나 실천에 옮겨질지 모를 불확실한 내일이지만 매일 오늘보다 나은 내일이 다가올 것만 같은 꿈을 꾼다. 예기치 않은 일이 성사되어 시름에 젖은 내가 웃을 수 있고 마음 가난하지만 너와 나의 가슴이 따뜻한 아랫목의 체온으로 덥혀질 수 있기를 기다린다.

2월 4일은 봄이 서서히 움튼다는 입춘立春이고 2월 18일은 얼음이 녹고 초목이 싹트기 시작하는 우수雨水이다. 그러나 절기는 예고일 뿐 해마다 수은주는 빙점으로 내려가 겨울 속의 봄을 맞이하지 않을 수 없다. 마음이 봄을 앞세우게 된다. 개나리, 진달래, 목련…. 꽃들이 다투어 피어나 세상은 꽃 천지가 되어 바라만 보아도 향기롭고 기쁨이 될 것이라는 기대를 하게 한다. 생각만으로 이 그린란드의 빙벽 같은 한파를 녹여낼 묘책이 아닐 수 없다. 겨울 속의 봄을 맞이한다. 얼어붙은 마음이 녹아내릴 수 있을 때 마음속 꿈 하나는 꽃이 된다. 무엇을 꿈꾸고 무엇을 성취하는 일은 굳건한 신념 속에 있다.

오늘은 서울의 기온이 영하 18도라고 한다. 생각해 보면 지구촌은 온난화 현상으로 급격히 더워지고 급격히 냉각되어 미국 중심부가 영하 40도의 한파 속에 생활의 어려움을 겪고 있다는 소식이다. 문득 어린 시절의 겨울이 떠오른다. 난방시설이 원활하지 않았던 60년대 윗목에 놓아둔 물그릇이 꽁꽁 얼어붙고, 쇠붙이 문고리에 손가락이 쩍쩍 달라붙던 겨울이었다. 두꺼운 솜이불 속에서 영국의 소설가 도일(Doyls, AC)의 탐정소설을 읽던 날은 추위는 저만치 물러나 주었다. 주인공 셜록 홈스의 탐정놀이에 빠져 밤을 새우던 겨울밤이 꽃처럼 아름다운 그리움으로 다가선다.

오체투지 삼보일배의 순례

      하나둘 옷을 벗기 시작하는 나무들을 바라본다. 봄날의 눈부신 발자국 스며든 잎들이 붉은 꽃잎을 피우더니 바람의 등에 업혀 떨어져 내림의 의미를 짓는다. 조락의 몸짓은 결국 파릇한 젊음에서 시들어 쇠락한 생의 말미를 전하는 메시지이다. 나무는 해마다 가을에서 겨울로 잇는 순간이면 이토록 장엄한 '소멸의 의식'을 반복하고 있다. 쓸쓸하고 서늘한 맨몸의 고독이 내장한 가슴 쓸어내리는 아린 슬픔을 침묵으로 앓고 있다.

  붉게 물든 '단풍의 아름다움'이 그토록 비참한 이별의 대명사인 줄 아는 일이기에 나무는 묵묵히 가지를 흔들고 있다. 꽃을 피우는 일은 '시듦'으로 걸어가는 생명의 자연한 순리이다. 언젠가 시작하였으므로 언젠가 끝나는 일이다. 세상의 모든 의미들의 세세한 내부를 들여다보면 그토록 알 수 없는 질문으로부터 문이 열리지만 실낱같은 대답 하나를 들고 그토록 견고한 외부로의 문닫음을 수행하고 있다.

시작하였기에 주어진 순리대로 나무는 거듭거듭 이별을 반복하고 있다. 윤기 가득한 은행나무 노오란 단풍잎이 나뭇잎 비를 뿌리고 있다. 가로수길 가득히 내려앉은 황금조각들이 이리저리 몸을 굴리며 한 줌의 흙이 되기 위해 오체투지로 삼보일배를 하며 순례 중이다. 삶은 끝없는 깨달음의 길인 모양이다. 거듭된 이별의 아픔으로 앓고 있는 나무가 이 가을 한 겹 한 겹의 옷을 벗는 까닭은 아직도 깨우쳐지지 않은 생존의 이유 때문이 아닐까 싶다.

사과나무의 꿈

연이은 폭염이 열대야의 숨 막히는 불면을 이어왔다. 한낮 쏟아지는 햇살을 가느다란 허리로 받아내던 해바라기는 고개를 숙이고, 담벼락을 잡고 있던 호박잎의 순한 잎맥도 기력을 잃고 있다. 쏴아 파도 소리로 치닫는 매미의 울부짖음이 시작되는 이 삼복의 여름, 전국은 시원스레 비 내리기를 기원 중이다. 목마른 갈증에도 불구하고 열매를 열망하는 과실수들은 어김없이 둥근 사과, 둥근 배, 둥근 복숭아들을 가지마다 매어달고 매 순간 익어가기를 염원하고 있다. 씨앗을 품기 위한 갈망이다.

식물이나 동물이거나 세상에 존재하는 생물들의 궁극적 지향점은 종을 잇는 결실의 의미에 있다. 씨앗을 배태하여 싹을 틔우고 이를 육성시키는 일이 생존의 이유이다. 얼마 전 국제멸종위기 1급 치타가 국내에서 첫 새끼 3마리를 출산했다. 에버랜드 동물원의 이와 같은 자연번식 성공은 8여 년의 노력 끝에 이룩한 결실이라고 한다. 아기 치타의 잉태에서 분만까지 경이로운 과정을 지켜보면서 생명의 신비를 느끼지 않을 수 없었다. 물 흐르듯 이어가는 종의 흐름은 지구라는 별의 위대한 존재 확인이라는 생각을 했다.

어미는 산고의 고통을 감내하며 어린 새끼들을 품에 끌어안아 젖을 물리고 있었다. 막 태어난 새끼는 어떤 본능으로 어미의 품을 찾아 들 수 있는지, '살아내기 위한' 생존의식이란 무엇인지-. 세상 속 모든 생물은 살기 위해 어느 한순간도 숨을 멈추려 하지 않는다고 한다. 근원적으로 체내의 모든 활동은 생명을 지켜나가는 순환 고리의 연동작용에 의해 움직이는 것이다. 살아야 한다는 정신으로부터 연유된 자연발생적인 본능의 힘이라고 한다. 개별적인 관리 소홀에 의한 고장이 아니라면 몸은 살아야 한다는 의식의 덩어리라는 것이다.

사과나무 한 그루가 가지마다 땅끝에 닿을 만큼 사과를 매어다는 이유는 열매 안에 간직한 씨앗 때문이다. 붉은 빛으로 튼실하게 익은 수천 개의 열매를 온몸으로 지탱하고 있는 나무는 가지가 휘어지도록 자신의 몸을 소진하다가 종래에는 생산의 능력을 잃게 되고 만다. 하지만 사과나무는 한 알한 알의 사과 속에 숨겨 놓은 씨앗의 존재에 대하여 안도의 숨을 쉴 수 있을 것이다. 물론 그 모두가 한 그루 사과나무가 될 수 없다 할지라도-. 온종일 퍼붓는 태양열이 사과나무의 잎을 말리고 있다. 곧 장마가 시작된다고 한다.

거울의 잣대

지하철은 극기의 훈련장이다. 무더위를 식혀주는 '시원한 바람, 고마운 바람'이 아니다. 고마운 바람은 기대하기 어렵고 겁에 질린 몸짓으로 몸을 움츠리게 하는 공포의 바람일 때가 많다. 얼음 창고의 서슬 퍼런 한기가 목적지에 닿기까지 옷깃을 여미게 한다. 살 속 깊이 파고드는 추위는 '왜 이러지.'라는 질문을 하게 한다. 밖으로 나오면 찌는 듯한 삼복의 얇은 여름옷들이 지하철에선 살갗을 파고드는 폭력처럼 견디기 어렵다. 결국 긴 팔 카디건을 준비하지 않고서는 견디기 어려워 너나없이 푸념을 하게 된다.

세상사는 순리대로 흐르지 않는다. 정도를 걸어야 하지만 계곡물이 시냇물의 원류에 닿기까지 보이지 않는 지류의 물줄기들이 흙 속의 습기로, 수면 밑 지층으로 스며드는 배려가 있어 유유자적 흐름의 속성을 지킬 수 있었다.

무엇을 위해 무엇이 되어야 함에도 세류의 흐름이 쉽지 않은 선택을 하게하고 존재 하나의 생존의 크기를 만든다. 미 공화당 대통령 후보 트럼프는 수없이 많은 막말을 쏟아부어도 적지 않은 유권자들이 지지층을 확대시키고 있다. 그러나 그가 지구촌의 대통령이라 말할 수 있는 미 대륙의 수장이 될지는 궁금하다.

최후의 심판, 법을 집행하는 심판관은 죄의 크기에 따라 잘잘못을 가리고 그에 합당한 준엄한 형벌을 가하게 된다. 제아무리 어지러운 세상이어도 사람들은 가장 올바른 정신으로 자신의 삶을 경영하고 있다. 그것은 인간의 기본적인 도리이며 사람다움의 길이다. 해서는 안 될 일 중에 그가 지니고 있는 그의 사람됨을 도외시하고 삶의 배경을 물어 무슨 일에 잣대를 긋는 일이다. 그는 가난해서 안 되고, 그는 훌륭한 학벌을 지니지 못해 안 되는 일들이 아니라 남을 속이고 자신의 이익을 취하기 위해 악행을 품는 일이다. 인간세상을 관장하는 절대자의 최후의 심판은 항상 공명정대한 저울의 잣대를 지녔다고 한다.

이 성찰의 시간이 지나면

한기가 살갗 깊이 스며들고 있다. 앙상한 나목의 가지가 흔들리고, 떨어져 내린 누런 플라타너스 큰 손바닥 잎이 보도 위에서 바람의 등을 타고 있다. 하나둘씩 옷의 두께가 두꺼워지는 12월 한 해의 끝, 머지않아 성탄의 축복이 이어질 것이며 제야의 종소리가 천지에 울릴 것이다. 그리고 지난 시간의 흔적을 돌아보아야 할 성찰의 시간이다. 한 해 동안 분주히 이어온 시간들은 오밀조밀한 결실들을 이 빈 계절의 벌판에 내려놓고 다시 또 시작할 삶의 경주를 위하여 숨을 고르고 있다.

며칠을 쉬지 않고 흐르던 겨울비가 쓸고 간 구름 때문인지 맑은 하늘에 밴 추위가 맵다. 두꺼운 카디건을 입고 창밖을 본다. 분주히 시작하는 차량의 소음이 점점 더 두께를 더하는데 북한산 밑 회색빛 지붕들은 깊은 고요의 늪이다. 높고 낮은 지붕들의 침묵, 한 덩이의 침묵이 산봉우리를 받치고 있다. 지붕 밑 침묵 속의 사람들도 각자의 일상 속에서 하루를 시작하고 어딘가를 가기 위해 외출을 하거나 겨울 준비를 위한 난방시설을 점검할지 모른다. 흐르는 계절의 질서에 익숙한 각자의 삶이 조용히 흐르는 겨울 한낮이다.

한 해의 무게가 가벼워진 12월, 나목의 나무들이 숨 가쁘게 보여준 생존의 길이 사람들의 몸짓이었다는 사실을 깨닫는다. 잎이 돋고 꽃이 피고 열매를 맺더니 꽃도 열매도 떨어져 버린 알몸의 내가 확인되어지는 한 해의 끝이다. 다만 이 춥고 쓸쓸하여 고개를 숙이게 되는 묵중한 성찰의 시간이 지나면 비 온 뒤의 무지개 하늘처럼, 따뜻한 햇살이 빛나는 꿈의 새날이 찾아온다는 것이다. 새해 새 아침이 눈부시게 다가선다는 일이다.

나무의 기도

보도 위에 쌓인 낙엽이 행인의 발끝에 밟혀 바스락거린다. 거인의 손바닥보다 큰 플라타너스 마른 나무의 분신들이다. 나무는 봄으로부터 파릇이 돋아내던 새잎들을 싱그럽게 품어 안더니 지녔던 인연의 시간을 내려놓고 있다. 하루 종일 바람을 데려다 가지를 비우는 중이다. 생성의 힘으로 지녔던 생명의 빛을 덜어내는 나무의 심중은 침묵으로 전하는 면벽수도자의 수행이다. 아름다운 이별을 위한 몸짓이다.

한 해의 시간으로 잦았던 삶의 의미는 생존의 크기를 깁는 이유이며 또한 스치고 지나는 인연의 두께이다. 길가에 떨어진 하나의 돌멩이가 무심코 발길에 차이거나 눈길 마주친 순하디순한 길고양이의 옷깃 스침 하나도 무심할 수 없는 시간들이었다. 나무는 가슴으로 품었던 그 숱한 가지 끝의 인연들을 찰나의 허공 속으로 내려놓고 있다. 뚝- 손을 놓기 무섭게 떨어지는 마른 인연을 위해 기도하고 있다.

해마다 12월은 가로등 밑 저 쓸쓸한 나무의 기도를 배우라 한다. 지나친 욕심을 비우고 초연히 생명존재의 참다운 가치를 깨우치라 한다. 맥없이 흘러가는 시간의 파편에 치여 방황하지 말라 하며 이 거리 저 거리 종소리는 울려 퍼지는 모양이다. 지나간 시간이 담아내던 어떤 기쁨이거나 아픔들 또한 새롭게 맞이할 시간의 흔적들을 위해 단아한 기도로 무릎을 꿇어야 할 것만 같다. 저 앙상한 나목으로 두 손 모은 나무의 기도를 위해-.

신록의 향기

　　구기터널을 지나기 직전 북한산 자락이 완만한 경사로 흘러내리는 그 등선에는 터널을 사이에 두고 좌우로 사계절 자연의 질감을 유감없이 표출하는 숲을 만나게 된다. 봄이면 진달래, 개나리, 철쭉, 목련이 피어나는가 하면 여름의 이즈음 마른 나뭇가지를 뚫고 솟아난 연록의 잎새가 짙은 녹음으로 취음翠陰이 되는, 바라만 보아도 싱그러운 길을 나는 즐겨 찾곤 한다. 그 싱싱한 터널 안과 밖으로 관통하는 바람의 길을 시간의 흐름으로 스며들다 보면 어느새 황금빛 잎새를 머금고 서 있는 키 큰 은행나무들 가지에서 쏟아지는 노오란 은행잎 비의 군무를 연상할 때도 있다.

　　20대 청춘의 그늘 속에 분출하던 낭만이라든지 꿈과 희망으로 가슴 뜨겁던 여름의 한순간도 눈 깜박하는 사이에 스쳐 지나는 찰나라는 것을 반짝이는 나뭇잎들로부터 예감하게 된다. 저 빛나는 눈빛들의 이글거리는 욕망의 시간이 깊으면 깊을수록 가을은 그 이면에 소리 없이 달려오고 있다는 것이다. 짙푸른 나무숲, 나무는 쉴 사이 없이 푸른 잎새 위에 수많은 햇살을 수놓고 있지만 실상은 유한의 시간을 지키기 위한 몸부림이라는 것을 알게 된다. 때를 놓치지 않겠다는 다짐이다. 오늘이 가면 다시는 돌아오지 않을 시간을 위하여 나무는 저토록 예정된 시간의 길을 걷고 있는 것이다.

꽃을 피우고, 잎을 돋우고, 열매를 맺는 동안 생명의 한해살이는 어느 순간 저물고 만다. '시간이 참 빨리 흐르지요.' 매 순간 느끼는 일이지만 숲의 향기가 온 천지에 파랗게 눈뜨는 계절, 나무는 지금 시간의 나이테를 긁느라 저 깊은 흙 속에 생의 온기를 뿌리깊이 내장하여 유한의 시간 위를 힘차게 달려가고 있다. '오늘 하실 일을 내일로 미루지 마세요.' 우리에게 주어진 순간순간은 저마다의 가치로 찾아왔다가 홀연히 사라지는 안개 같은 것이기에 매 순간을 휴지조각처럼 버리지 말라고 신록의 메시지는 저토록 아름다운 모양이다.

오월

벚꽃이 피고 목련꽃이 피었다가 지더니 라일락꽃이 피었다. 사월의 초입에서 시작된 봄날의 온갖 꽃 이름들이 다투어 꽃잎을 열어 향기를 머금곤 했다. 바라보는 것만으로도 기쁨이 되던 시간들이 아름다운 생명의 눈부심을 눈뜨게 했었다. 그리고 오월이 가까이 다가서고 있다. 하늘이 푸르른 바닷물빛처럼 높이를 더하고 동네를 들어서면 몇 발자국 지나지 않아 낮은 담장에 몸을 기댄 라일락 꽃향기가 지천이다.

다시 동네를 가로질러 큰 길가 쪽 꽃가게 앞에 닿자 진열대에는 카네이션꽃이 꽃잎을 열고 있다. 무엇으로도 가늠을 수 없는 어버이의 지순한 사랑이 꽃잎에 묻어난다. 어머니! 그 소리의 입자들이 제 갈 길을 잃고 허공에 부서지는 오후이다. 곁에 계셨으면 얼마나 좋을까 생각한다. 손자들을 얼마나 대견스럽게 보셨을지. 그러나 어머니는 이미 오래전 저 먼 돌아올 수 없는 땅을 걷고 계신다.

어둠이 열 길 우물의 깊이만큼 무거운 시간, 사무실 컴퓨터 앞에 앉아 시간에 쫓긴 일거리를 다듬고 있는 아들 곁으로 다가섰다. 자판 위에 올리어진 아들의 손을 만져보았다. "저녁밥은 먹었니?" "응." 바쁘게 일하며 끼니를 거를 것 같은 염려가 앞서는데 아들의 손 감촉이 오월 햇살처럼 따뜻했다. 내 어머니도 이런 마음이었을 것 같다. 바라만 보아도 마음의 문이 한없이 열리는 끝없는 사랑, 어떤 사랑의 값으로도 무게를 잴 수 없을 만큼 미소를 짓게 한다.

어머니는 열세 살의 나를 팔베개하고 누워 품 안에 안아 주셨다. 머리를 쓰다듬으며 "공부 열심히 해야 해. 그래야 훌륭한 사람 되는 거야." 그렇게 이른 이별을 예감하지 못하고 나는 고개만 끄덕였다. 내게 어머니는 열세 살의 기억 이상의 흔적을 남기지 않았다. 때문일까 오월이면 색종이로 접어 가슴에 달아드린 카네이션을 만지며 만면 가득 미소를 지으시던 어머니를 잊을 수 없다.

봄이 오면

햇살의 살결이 곱다. 따사롭고 온유하다. 아니 눈부시기까지
한 햇살 한 모금 마시기 위해 유리창 앞에 앉는다. 立春이후, 오묘한 절기의
변화가 가슴에 향기로운 꽃향기를 채우고 있다. 손끝에 닿는 햇살의 온도가
밤새 몸을 담았던 이불 속 온기처럼 훈훈하다. 손등에 올리어진 빛의 내력을
더듬거리는데 가슴을 후비며 지나가는 그림자 하나, 꼭 봄이 오는 길목이면
슬그머니 다가와 그리움을 펼쳐 놓곤 한다. 펼치며 당신의 모습을 기억하라
한다. 다 바수어져 기억의 통로 밖으로 유배된 얼굴을 기억의 통로 안에 끌어
들이고 있다.

설을 쇠기 위해 집에 온 손녀가 책상 위, 한 장의 사진을 바라보며 묻는다.
어머니, 일곱 살의 나, 언니 순으로 찍은 누렇게 퇴색된 사진 속에서 이분이

할머니 엄마냐는 것이다. 할머니도 엄마가 있어요, 작은 녀석이 더불어 묻는다. 20대 후반의 젊은 엄마가 딸 둘과 함께 찍은 사진이 증손자 손녀를 내려다본다. 그 엄마의 몸에서 봄날에 태어나서일까 해마다 봄이면 알 수 없이 기력이 쇠하여 앓고 있는 나는 생명탄생의 존재의미에 대하여 생각하곤 한다. 수직으로 잇는 종種의 내력을 짚다보면 지울 수 없는 그리움이 밀물처럼 스며든다.

어머니! 비교적 자주 어머니 얼굴을 기억하기 위에 책상 위에 사진을 두고 있다. 사진을 보지 않고서는 어머니 얼굴을 그릴 수 없어서다. 하늘이 무너지는 산통으로 나를 낳으셨을 것이며 알뜰히 젖을 물리셨을 것이다. 온몸의 기력을 모아 자식의 성장을 위해 내어 주셨을 어머니의 사랑이 우수 경칩의 대지로부터 시작되고 있다. 동토의 흙을 뚫고 일어서는 생명의 힘이다. 당신의 육신(씨아)을 바쳐 일으키는 새 생명의 가치, 나는 이제 비로소 눈을 뜨고 하염없이 햇살 한 줌의 사랑에 젖고 있다.

곡학아세曲學阿世의 교훈

　　　7월 초입의 이즈음은 모판의 모를 논에 심고 근 한 달이 지난 시기이다. 그 어린 볏모가 논에 착근하여 나날이 성장의 속도를 가중시키는 때이다. 무논의 모가 6월의 싱그러운 미풍 속에서 파릇한 물이 올라 한층 키를 키우고 성숙되어지는 과정이 아닌가 싶다. 일년 중 태양이 가장 높이 뜨고 길다는 하지도 지나 소년의 시기를 넘고 있는 사내아이가 성년의 시기를 맞이하기 위하여 혼신을 다하는 성장기이다. 이 여름의 불볕더위로부터 장마를 지나 폭염의 시간을 극기로 견디었을 때 모판의 어린 볏모는 황금벌판을 이룰 수 있다.

　옆집 감나무 담 밑을 걸어가다가 가지에 매어 있던 아기 감들이 땅에 떨어져 오가는 행인의 발에 형태를 잃어버린 참상을 보았다. 온갖 과실나무들은 꽃으로 맺은 열매를 가지에 물고, 아기를 포근히 품에 안아 젖을 물리는 어머니처럼 얼마나 정성을 다하였을까를 생각했다. 가장 깊은 장맛비로 가장 뜨거운 뙤약볕으로 달구어진 과실만이 튼실하게 가지에 살아남을 수 있다는 교훈이 아닐 수 없다. 7월은 미완의 그늘에서 성숙의 시간으로 진입하는 통로이다. 스스로 고통과 고난을 견디지 못하는 나약한 의지로는 미래를 내다볼 수 없는 시간이다.

'곡학아세曲學阿世' 바르지 못한 학문으로 세속의 인기에 영합하려 애쓰는 모습이라는 사자성어를 우연히 만나게 되었다. 이후 불현듯 세속의 욕심에 가득하여 하나를 쥐고도 또 하나를 탐내고 있는 나는 아닐까 생각했다. 속이 비어 스스로를 다스리지 못하는 미완의 내가 걷고 있는 시간이 7월이라는 시간이다. 익기도 전에 비바람 장맛비를 맞고 땅에 떨어지는 과실을 똘기라고 한다. 참다운 사람으로 완성되기는 쉬운 일이 아니지만 최소한 마음을 비울 수 있어 평화로운 심신을 찾을 수 있다면 7월의 폭염도 견딜 수 있지 않을까 싶다.

줄기를 뻗을 수 있기를

난데없이 불어 닥친 메르스의 폭풍은 사회 저변에 불안과 신뢰를 잃어버린 불신의 시대를 야기시켰다. 사람과 사람이 서로 거리를 두고 무슨 폭발물이라도 품고 있는 듯 경계하며 지냈다. 설상가상으로 전국의 대지는 바스러지고 갈라져 농작물이 바싹바싹 마르고 있다. 급기야 식수까지 부족한 갈증의 두려움이 몰려올지 모른다는 불안 속에 살고 있다. 허옇게 맨 땅을 드러낸 저수지와 마른 낙엽처럼 성장을 멈춘 밭작물을 바라보는 농부는 하늘만 쳐다보며 타는 속을 다스리고 있다.

저녁 무렵 잠깐 내리던 빗방울이 고맙고 반갑더니 해 지고 다시 아침에 이르러 하늘은 무심하게 밝고 맑다. 전 세계적인 이상기온은 기름진 땅을 급격히 사막화시키고 식물이 뿌리를 내리지 못하는 죽음의 바다를 넓히고 있다는 것이다. 지구촌 엘니뇨현상의 폐해라고 한다. 비가 펑펑 쏟아지기를 기다린다. 속절없이 퍼붓던 장맛비로 수해를 입어 목숨을 빼앗기는 사례도 적지 않았지만 비를 기다린다. 마른 땅을 적시는 단비를 기다린다. 굶주려 허기진 아이처럼 휑한 눈의 논과 밭이 비를 기다린다.

넘치거나 부족함이 없는 중용의 삶이 얼마나 가치 있는 일인가를 문득문득 깨닫는다. 거북등으로 갈라진 마른 소양댐의 맨바닥을 바라보며 수심 깊이 감추어졌던 수줍은 물의 속살을 부끄럽고 죄스러운 마음으로 훔쳐보았다. 최소한 속살은 감출 수 있어야지 안타까울 뿐이다. 적당한 비와 적당한 햇살과 적당한 바람으로 사람들은 행복해진다. 한 포기의 배추 모종이 뿌리를 내리고, 한 알의 감자씨가 줄기를 뻗을 수 있기를 기다린다. 저 마른 대지 위에 초록의 옷을 입은 단비를 기다린다.

금년 7월은 늦은 장마가 시작된다는 기상청의 보도가 있었다. 며칠만 견디면 넉넉한 어머니의 품 같은 손길로 상처 난 저수지, 댐들의 속 깊은 아픔을 치유할 수 있을 것 같다. 전국에 분포되어 있는 수천 명의 메르스 격리자와 수백 명의 확증환자 모두 완치되는 날이 머지않았으리라는 생각을 한다. 생명을 내어놓고 병마와 싸우는 환자들과 육신의 고난과 고통을 견디며 의술을 펴는 의료진의 사투死鬪는 아름다운 헌신이다. 이들 모두 폭풍의 굴레에서 무사히 귀환할 수 있기를 기도드린다.

가을은 기도하는 시간

조석으로 살갗을 스치는 바람의 차디찬 흔적에 몸을 움츠리게 된다. 그 차가움 사이를 뚫고 유리창으로 비춰드는 햇살이 눈부시게 맑고 환하다. 간밤 비 내림의 까닭도 있었겠지만 하늘이 저만치 높다. 햇과일이 과일가게 매대 위에서 선을 뵈는 가을이 이미 우리 곁에 스며와 있음을 확인하게 된다. 여름과 가을 사이, 어쩌면 한 눈금 사이로 경계를 이루는 이 계절의 변화는 자연이 세상에 전하는 가장 진실한 약속지킴이다. 어김없이 찾아오는 봄과 여름 사이, 여름과 가을 사이 그렇게 계절은 기다림 없이도 찾아온다.

일본 중심부를 강타한 태풍의 여파가 한반도의 남부에서 중부까지 비바람을 몰고 오더니 플라타너스 누렇게 마른 잎이 현관 안까지 수북하다. 도로변 일렬종대로 서 있는 플라타너스 가지에서 떨어진 어른 손바닥보다 큰 잎들의 바스락거리는 뒤척임이 가을을 더한다. 아직은 만추의 울렁임은 아니더라도 살갗이 춥다. 책을 좋아한다는 미화원 아저씨가 도로변에 떨어져 구르는 마른 잎들을 쓸고 있다. 큰 포대에 그들을 모아 담는 길을 지나 시장통에 이르러서야 마음이 환해졌다. 볼그레한 낯빛의 복숭아, 사과들이 과일가게에 가득하다.

저녁 늦게 귀가하였더니 '횡성농협'이라 인쇄되어진 상자 하나가 현관문 밖에 놓여있었다. 제법 무게가 느껴지는 상자를 들고 실내에 들어섰다. 단단히 봉해진 상자를 개봉하자 고구마 줄기, 굵은 대파, 가지, 방울토마토, 누렇게 잘 익은 호박 하나가 담겨져 있었다. 신문지에 정성껏 한 가지 한 가지 포장하여 담겨있는 농부의 결실을 바라보며 보낸 이의 훈훈한 손길을 생각했다. 문득 이 작물들도 지난 6월의 가뭄에 목이 말랐을 것이라는 생각이 들었다. 대견스럽고 소중했다. 축구공만 한 잘생긴 호박을 쓰다듬으며 농부가 흘린 땀을 가늠해 보았다.

가을은 결실의 계절이다. 9월은 그 풍성한 계절의 문을 여는 초입으로 지금 논과 밭에선 막바지 혼신을 다한 뿌리의 열정이 남아있을 것이다. 누우런 황금들판을 위한 벼들의 고개숙임과, 가지가 땅에 닿도록 매어단 열매들을 붉은 낯빛으로 성숙시키기 위한 나무의 조용한 기도 시간이다. 가을은 미혹의 나를 차분히 완숙시키는 성찰의 시간이어서 나뭇잎들이 그렇게 조금씩 붉게 물들어 가는 모양이다. 붉게 물들어 스스로를 흔적 없이 태우고 소멸시키며 세상 속에 '나'를 지우는 무한의 공간에 머물기 위한 기도하는 계절이다.

지연희 문학연보

충북 청주 출생
1982년~ 한국수필(성명철학) 추천
1983년~ 월간문학 신인상 당선(관음소심)
1983년~ 한국문인협회회원
1983년~ 한국 수필가협회 회원
1984년~ 대표에세이 문학동인회 창립회원
1986년~ 여성문학인회 입회
1986년~ 가톨릭 문우회 입회
1986년~ 대표에세이 서울지회 초대회장
1991년~ 현대 수필 문학회 이사역임
1992년~ 대표에세이 문학회 회장역임
1992년~ 국제 펜클럽 한국본부회원
1993년~ 한국 수필가협회 이사
1994년~ 한국 여성 문학인회 이사
1995년   서울시광복50주년기념(시107선, 수필170선) 편집
1999년~ 2000년 종합문학지 『한국문인』 주간역임
2000년~ 현재 동남보건대학 평생교육원문예창작과 주임교수
2001년~ 2002년 국제펜클럽한국본부이사 겸 문학정책위원장 역임
2003년~ 2005년 동덕여자대학 문예창작과 출강
2003년 『시문학』 신인상 시 등단
2003년~ 사)현대시인협회입회
2003년~ 한국시문학시인회 회원
2004년~ 2006년 사)한국문인협회 감사역임
2006년~ 현재 계간 『문파』 발행인
2008년~ 현재 사단법인 한국현대시인협회 이사
2009년~ 덕성여자대학교 평생교육원 수필창작반 강사 역임
2009년~ 사단법인 한국수필가협회 부이사장
2009년~ 사단법인 국제 펜클럽한국본부 이사
2011년~ 사단법인 한국문인협회 수필분과 회장
2012년~ 2014년 한국여성문학인회 부이사장 역임
2015년~ 2018년 사단법인 한국수필가협회 이사장
2017년~ 현재 한국시인협회 회원

지연희 출간 도서

1986년 수필집 『이제 사랑을 말하리라』 출간
1988년 수필집 『사랑찾기』 출간

1989년 수필집 『가난한 마음을 위하여』 출간
1989년 수필집 『그리운 사람이 올것만 같아』 출간
1989년 시　집 『마음읽기』 출간
1990년 수필집 『비추이는 것이 어디 모습뿐이랴』 출간
1991년 수필집 『그대 가슴에 뜨는 초록빛 별처럼』 출간
1992년 전　기 『도전 노오벨상 전3권』 출간
1994년 수필집 『네게 머무는 나는 얼마나 아름다운지』 출간
1998년 수필집 『하얀 안개꽃 사랑』 출간
1998년 시　집 『하루가 저물고 다시 아침이』 출간
2000년 수필집 『시간의 유혹』 출간
2001년 시　집 『초록물감 한방울 떨어져』 출간
2003년 시　집 『나무가 비에 젖는 날은 바람도 비에 젖는다』 출간
2004년 시　집 『사과나무』 출간
2006년 작품론 『현대시 작품론』 출간
2006년 작품론 『현대수필 작품론』 출간
2007년 수필집 『시간의 흔적』 출간
2009년 시　집 『남자는 오레오라고 쓴 과자 케이스를 들고 있었다』 출간
2010년 수필집 『매일을 삶의 마지막 날이라고 생각할 수 있을 때』 출간
2013년 수필집 『사계절에 취하다』 출간
　　　　　수필선집 『알리사』 출간
2014년 수필선집 『식탁 위 사과 한 알의 낯빛이 저리 붉다』 출간
　　　　　수필집 　『씨앗』 출간
2016년 시　집 『메신저』 출간
2018년 시　집 『그럼에도 좋은날 나무가 웃고 있다』 출간
2018년 수필선집 『생각의 밖에서』 출간

수상

1987년~ 한국문인협회 김동리 이사장 공로패 수상
1988년　 제5회 동포문학상 수상
1996년　 제11회 한국수필문학상
2013년　 대한민국총예술인상 문학 부문
　　　　 구름카페 문학상 (현대수필 문학회)
2015년　 정과정문학상 대상
2016년　 제30회 동국문학상

생각의 밖에서

지연희 수필집

생각의 밖에서

지연희 수필선집